DESAPARECIDO

LOS MISTERIOS DE LUCA

DAN PETROSINI

CRÉDITOS

Copyright © 2024 Desaparecido por Dan Petrosini

Todos los derechos reservados.

Ninguna parte de esta publicación puede ser reproducida, almacenada en un sistema de recuperación, o transmitida, en cualquier forma o por cualquier medio, electrónico, mecánico, fotocopia, grabación o cualquier otro, sin el permiso previo de los editores.

La novela es una obra de ficción. Cualquier parecido con personas reales, vivas o muertas, es pura coincidencia. Para solicitudes, información y más, póngase en contacto con Dan Petrosini en danpetrosini@gmail.com.

Disponible en libro electrónico e impreso.

dan@danpetrosini.com

ISBN impreso en rústica: 978-1-960286-33-8

Impreso Nápoles, FL

Gracias especialmente a Julie, Stephanie y Jennifer por su cariño y apoyo, y gracias al sargento de brigada Craig Perrilli por sus consejos sobre el mundo real de las fuerzas del orden. Él me ayuda a no apartarme de la realidad.

STEWART

"Ningún viaje por el camino equivocado te llevará al destino correcto" — *Ben Gaye, III*

3 DE MAYO

ME ACOMODÉ en la silla mientras Kevin Greely exponía su caso a nuestro cliente más importante. Tenían un contrato enorme para una planta desalinizadora que queríamos, no, que necesitábamos, pero la actitud rastrera de mi jefe era repugnante.
 Mi teléfono volvió a vibrar, por tercera vez en cinco minutos. Miré alrededor. Todos los ojos estaban fijos en la presentación de PowerPoint, así que eché un vistazo dentro de mi chamarra. Me quedé mirando el número cuando sonó.
 Era ella.
 Me aparté de la mesa y atraje la atención que tanto temía.
 "Lo siento. Tengo que contestar. Emergencia familiar. Ahora vuelvo".
 Los ojos de Greely se clavaron en mí cuando dijo: "Date prisa, Dom, a continuación sigue lo de tu caseta".

"Solo me llevará un minuto". Salí de la habitación sigilosamente y supe que tendría que inventar algo creíble para que Greely no me molestara. Vaya si odiaba ser lambiscón. Este trabajo no era nada especial, solo algo provisional, y encima el dinero era una mierda. Tenía que seguir avanzando, y rápido.

Al pulsar el botón de devolución de llamada, me encorvé junto a una columna con los ojos puestos en la puerta de la sala de conferencias.

"¿Dom?".

Un escalofrío, en parte de euforia y en parte de náuseas, me recorrió desde las entrañas hasta la nariz. Me sentí como una niña de quinto llamando a mi amor desde el baño. La frase "Lo bueno se hace esperar" me vino a la cabeza.

"Hola, Robin, lo siento, estaba en una...".

"Phil aún no ha vuelto. ¿Sabes dónde está?".

"¿Estás segura?".

"Anoche no volvió a casa y hoy no ha aparecido por el trabajo. ¿Dónde diablos está? Me preocupa que le haya pasado algo".

Necesitaba que la tranquilizaran, y yo iba a hacerlo.

"Estoy seguro de que volverá...".

"Déjate de tonterías, Dom, eso dijiste ayer. ¿Dónde diablos está?". Sonaba frenética.

"No lo sé, Robin".

"Oh, vamos, él te lo cuenta todo".

Dio en el clavo. "Mira, estoy seguro de que está bien, ¿pero has buscado por ahí, en los hospitales?".

"Por supuesto. Revisé NCH Downtown y North, Lee Memorial, Health Park, incluso Physicians Regional, aunque él nunca iría allí. Algo anda mal, puedo sentirlo".

Tuve que darle la razón. "Seguro que hay una explicación. Tienes que mantener la calma. No saquemos conclusiones precipitadas. ¿De acuerdo, Robin?".

"Lo sé, pero mira, puedes decírmelo. Solo quiero saber". Levantó la voz. "¿Está Phil jodiendo otra vez? ¿Se ha ido con otra de sus amiguitas?".

No necesitaba que me recordaran que Phil coleccionaba mujeres como monedas. Lo inaudito era que era una locura hacerlo, dado que tenía a Robin.

Robin y Phil llevaban diez años casados, algunos los habían vivido bien, otros, no tanto. Recuerdo el día en que se casaron. Robin era una excelente pareja: guapa y ganaba mucho dinero con apenas veinticinco años. Aquel día, la boda fue agridulce para mí porque Phil era un amigo de toda la vida, el hermano que nunca tuve. Los dos hacían una pareja tan llamativa que era deprimente.

Mi amigo, Phil Gabelli, tampoco se quedaba atrás. Odiaba competir con él por las chicas a medida que crecíamos. El hecho es que nunca dejé de competir con él. Incluso casado con Robin seguía metiendo su caña donde yo pescaba. Tenía a Robin, quiero decir, ¿a quién demonios más podía querer?

La puerta de la conferencia gimió al abrirse, y un Greely de rostro severo dijo,

"¡Te toca Stewart!".

Levanté un dedo. Greely sacudió la cabeza, levantó el pulgar y desapareció. Me muero de ganas de mandar a estos tipos a la mierda.

"Mira, Robin, sé que estás disgustada, pero estoy seguro de que aparecerá. Siempre lo hace".

"No sé qué hacer, Dom. Esta vez es diferente, puedo sentirlo".

Podía oír su móvil sonando de fondo.

"No te preocupes...".

"Espera un segundo. Me tengo que ir. Es el detective que lleva el caso".

¿Detective? ¿Caso? ¿Los detectives se involucran en un informe de persona desaparecida? Busqué mi inhalador. Probablemente era normal. Robin era del tipo A. Era una de las cosas que más me gustaban de ella, aunque Phil no pensaba lo mismo. Presionaba como un láser, te intimidaba o recurría a su encanto para conseguir lo que quería.

Phil se quejaba de ello, pero yo sabía que era la razón por la que tenía tanto éxito. Él no sabía cómo manejarla, pero a mí me resultaba fácil. Como le dije a Phil, aguantar sus detalles era un pequeño precio a pagar por toda la plata que traía.

STEWART

"Si encuentras un camino sin obstáculos, probablemente no conduce a ninguna parte" — Frank A. Clark

AL MIRARME EN EL ESPEJO, ME MOLESTABA EL ASPECTO DE MI barba a las cinco en punto. Me afeité y me puse unos buenos vaqueros y una camisa nueva que había comprado en una boutique de Waterside Shops. Quería ir elegante e informal, fuera lo que fuera, porque iba a venir un detective llamado Frank Luca.

Luca medía seis pies y era guapo, como Phil. Inmediatamente me pregunté qué pensaría Robin de él.

Iba a estrecharle la mano, pero agitó su identificación y eso se interpuso.

"Esto no debería llevar mucho tiempo, solo estoy aquí para obtener algunos antecedentes del señor Gabelli".

"No hay problema, agente, ¿o es detective? ¿Cómo hay que hablarte?".

"Bueno, si mi viejo estuviera aquí, me diría que me llamaras lo que fuera, pero que hicieras el cheque al portador". Luca sonrió. "Detective, oficial, Frank, da igual".

"Claro. ¿Tu padre sigue por aquí?".

Luca negó con la cabeza. "No, hace unos cinco años. Sigue siendo difícil de creer".

"Sí, sé lo que quieres decir. Perdí a mi madre hace dos años y todavía me duele. Me gusta lo que dijo la reina Isabel: 'El dolor es el precio que pagamos por el amor'. Una cita muy buena, ¿no?".

Luca asintió y sacó un cuaderno de su saco.

"¿Empezamos?".

Saqué un par de botellas de agua y nos sentamos alrededor de la mesa de la cocina.

"Es una locura que Phil se haya largado, ¿no?".

"Dices que se largó; ¿tenía alguna razón en particular para huir?".

"Bueno, ya sabes, Phil estaba, no sé, inquieto. No podía estarse quieto ni un minuto, a menos que fuera en un taburete charlando con una dama". Sonreí.

"¿A Phil le gustaba beber y era mujeriego?".

"Bueno, no bebía tanto. Mira, Phil y yo nos conocemos desde hace mucho. Quiero decir, estamos muy unidos. Me ha sacado de tantos apuros que perdí la cuenta. No quiero hablar mal de él ni nada".

"Lo entiendo. Solo estoy tratando de conseguir algo de información para continuar. Todo lo que me digas se queda conmigo. Necesito entender si se fue o si le pasó algo".

Me incliné hacia delante. "¿Qué quieres decir? Como si estuviera herido o...".

Luca levantó una palma. "No nos dejemos llevar. Mi trabajo es investigar su paradero y seguir las pistas, malas o buenas, dondequiera que apunten. Decías que a tu amigo le gustaba jugar al despiste".

Sonreí. "Me parece justo, aunque no es justo para Robin. Ella es algo, ¿no?". Quería que Luca reaccionara, pero no me dio ninguna pista de lo que pensaba de ella.

"Bueno, Phil es único. Digamos que nunca ha tenido problemas con las mujeres. Estoy seguro de que sabes cómo es eso, ¿verdad detective? Quiero decir, con tu aspecto. Oye, ¿sabes qué?". Chasqueé los dedos. "Te pareces a George Clooney. Sí, eso es. Vaya, un vivo retrato. Te debe pasar mucho".

Luca sonrió finamente y sacudió la cabeza. Qué estirado.

Dijo: "Continúa".

"Digamos que Phil se aprovechó al máximo de su situación. Eso es todo".

"¿Su situación?".

"Ya sabes, su apariencia, su manera con las mujeres. Podrías llamarlo estilo. Básicamente era irresistible".

"¿Y su mujer sabía de sus", Luca hizo comillas en el aire, "actividades?".

Fruncí el ceño. "Sí, lo sabía. Robin se enfadaba y amenazaba con echarlo, pero Phil volvía a colarse, haciendo las mismas promesas de siempre. Robin caía en la trampa una y otra vez".

"¿Crees que finalmente se cansó de que la tomaran por tonta?".

"¿Qué? ¿Cómo crees? No, no puede ser, no hay manera de que le hiciera algo malo a nadie, ni a Phil, a nadie".

"Tengo que preguntar".

"Sí, sé que la mayoría de las veces es el cónyuge, pero oye, probablemente solo esté", bajé un poco la voz, "metido con alguna chica".

"Robin dijo que Phil y tú eran muy unidos y que si alguien sabía dónde estaba, eras tú".

¿Robin? ¿Ya la llama por su nombre de pila?

"Sí, Philly y yo nos conocemos desde la escuela primaria. Jugamos en la liga infantil, fuimos juntos a la preparatoria y todo eso. Robin probablemente te dijo que fui su padrino en su boda".

Luca asintió en silencio.

"Pero en realidad, no sé adónde fue. Ojalá lo supiera".

"¿Sabes si tuvieron algún problema financiero?".

Negué con la cabeza. "De ninguna manera. Robin lleva el dinero a casa, y mucho".

Luca preguntó: "Tal vez tenía sus propios problemas de dinero".

"No, gana más que suficiente, y lo comparten".

"¿Sabes que reparten su dinero?".

"Como he dicho, Phil me lo cuenta todo".

El detective asintió. "¿Sabes algo o alguna razón para que desapareciera?".

"La verdad es que no. Ha tenido un par de aventuras que duraron un tiempo, pero no sé, supongo que podría haberse largado con alguna de sus nenas. Ya sabes que no era el mejor de los matrimonios, y a veces decía que quería irse".

"¿Lo tomabas en serio, o era algo con lo que mucha gente fantasea cuando atraviesa una mala racha?".

Me encogí de hombros. "Supongo que no más que cualquier otro".

Luca me pidió que nombrara a alguna de las novias actuales y anteriores de Phil que pudiera recordar. Tras garabatear en su cuaderno, Luca se levantó, dando por terminada la charla. Mientras le acompañaba a la puerta, me preguntó: "¿Sabes de alguien con quien tuviera algún problema? ¿Alguien que pudiera tener motivos para hacerle daño?".

Por fin, una buena pregunta. "Bueno, para ser honesto, Phil podía ser un poco sabelotodo a veces. ¿Sabes lo que quiero decir? Nada malintencionado, pero a veces la gente podía tomárselo a mal. ¿Sabes?".

"¿Hay alguien que crees que podría haberlo tomado a mal?".

Le di un par de nombres y se fue.

LUCA

Los casos de personas desaparecidas no son lo mío, pero como hay pocos homicidios en la Costa Dorada de Florida, era una oportunidad para dejar de investigar robos. La mayoría de este tipo de casos se reduce a alguien que huye o a un asesinato, lo cual, como digo, es raro, especialmente en Naples. Lo más probable era que este tipo resultara ser evasivo.

Mientras entrevistaba a la esposa, no podía imaginar a este tipo, Phil Gabelli, huyendo de ella. La esposa se llamaba Robin, y vaya que era una belleza. La mujer empezó a hipnotizarme mientras hablábamos, hasta que me di cuenta de que gritaba tipo A, lo cual aplastaba mis instintos hormonales. Verás, los tipo A se creen más listos que los demás. También son conocidos por ser unos organizadores fanáticos. Eso los hace exitosos, pero como detective de homicidios sabía que también son los que creen que su meticulosa planificación les permitirá salir impunes de un crimen.

Volví a evaluar las cosas. Estaba bastante destrozada, pero algo no iba del todo bien. La mujer se estaba conteniendo, pero ¿se trataba solo de las cosas personales que nadie nos cuenta la primera o las dos primeras veces, o era algo más siniestro? Era difícil entenderla. Necesitaría más tiempo cara a cara, pero era pronto y, quién sabe, su marido podría aparecer en cualquier momento.

La esposa insistió en que hablara con el amigo de toda la vida de su marido, un tipo llamado Dom Stewart. ¿Se trataba de una clásica distracción o realmente intentaba llegar al fondo de la desaparición de su marido?

Miré las fotos que me dio la mujer de Gabelli. No bateo desde el otro lado del plato, pero no había duda de que este tipo era guapo.

Vamos, amigo, háblame. ¿Dónde diablos estás? ¿Por qué no llamas a tu mujer?

Dejando las fotos a un lado, terminé de rellenar un informe de persona desaparecida. Luego busqué en el sistema al amigo, Dom Stewart. No apareció nada, ni siquiera una multa por exceso de velocidad. Stewart era un monaguillo.

El sol brillaba sobre mi escritorio y ajusté las persianas. Apenas llevaba dos años en el paraíso, y necesitaba cada día de ellos para superar la pérdida de mi compañero y mejor amigo, J. J. Cremora.

Era duro ir a trabajar a Nueva Jersey y contemplar el escritorio vacío de JJ Su repentina muerte, de un ataque al corazón, fue un shock que todavía no he superado. El hecho de que muriera el día que finalizaba mi divorcio selló la idea de mudarme a Naples. Hubo ajustes, pero la transición fue mejor de lo esperado.

Estos sureños son mucho más listos de lo que piensa el resto del país, bueno, al menos aquí en la oficina del sheriff. Cuando llegué aquí, me asignaron varios compañeros temporales, sabiendo que necesitaría tiempo. Finalmente, me asignaron de forma permanente a Mary Ann Vargas, que, debo admitir, era una buena policía. Ahora estaba de vacaciones, no es que necesitara a mi compañera para investigar este caso.

Mientras comía las sobras de la cena del Cinco de Mayo de la noche anterior, actualicé el expediente del caso con el informe y la entrevista y subí una foto del desaparecido. No había nada más urgente, así que llamé al tal Stewart y volví al sol.

Stewart vivía en el norte de Naples, en uno de los cientos de barrios privados que daban a la gente una falsa sensación de seguridad. No podía imaginar tener hijos y lidiar con los policías de K-Mart en las entradas para dejarlos y recogerlos. En el lado positivo, Pelican Perch era otro ejemplo de comunidad bien cuidada, luminosa y alegre.

Dom Stewart vivía en una casa de tamaño medio, en el segundo piso. En cualquier otro lugar, este tipo de residencias se denominan casas adosadas. Calculé que este lugar costaba unos trescientos cincuenta mil. Esa es otra cosa, aquí abajo, todo el mundo está centrado en los bienes raíces. No recuerdo la última conversación en la que el precio de una casa no se colara en la charla. ¿Yo? Culpable de los cargos, era divertido hablar de ello.

De todos modos, Stewart abrió la puerta de su casa color rosa coral un milisegundo después de que yo tocara el timbre. Nunca me gustó que eso sucediera; me hacía sospechar. Stewart medía unos cinco pies diez, ciento sesenta libras, y tenía el pelo castaño. Tenía el aspecto de un tipo meticuloso con su garaje. Ya sabes, tienen el suelo pintado con mucho brillo y todo colgado, nada en el suelo.

Stewart llevaba una camisa azul claro abotonada y unos vaqueros de trescientos dólares. ¿Intentaba causar una buena impresión para nuestra charla, o simplemente era uno de esos maniáticos del orden? Le enseñé mi placa y nos dirigimos a la cocina. Vaya, el lugar estaba limpio pero escasamente amueblado y necesitaba una puesta al día. Bajé mi valoración del lugar a tres veinticinco como máximo.

Había por todas partes cuadros inspiradores. "Que vivas todos los días de tu vida". Tuve que leerlo dos veces antes de entenderlo. "La vida no consiste en encontrarte a ti mismo. La vida es crearte a ti mismo". "La fortuna favorece a los valientes".

En el refrigerador había un imán que proclamaba "Carpe Diem". Stewart abrió el refrigerador, revelando un estante de botellas de agua alineadas como soldados. Tomó dos antes de sentarse.

No parecía nervioso, pero o le encantaba hablar o se estaba esforzando por establecer una conexión conmigo. Tendría que mantener a este tipo en el buen camino, o estaría aquí todo el día. Tomé algunas notas por el camino, pero parecía que el bueno de Phil se había ido con otra chica. Un imán de chicas, parecía.

Fue interesante pero no sorprendente saber que Phil era un poco un sabelotodo. Cuando las cosas vienen con demasiada facilidad, muchos hombres se vuelven demasiado confiados, y a algunos de nosotros nos molesta. Tal vez realmente hizo enojar a alguien. No sería la primera vez que un Romeo recibe una paliza por jugar con la Julieta de otro.

Repetí lo que Stewart había dicho sobre los tipos a los que no les gustaba la arrogancia de Phil. Dio tres nombres, pero ¿había algo en su lenguaje corporal cuando mencionó a ese tal Turnberry?

STEWART

"Hacer lo que quieres es fácil. Hacer lo que tienes que hacer es difícil" — *Larry Elder*

ROBIN ME ENVIÓ UN MENSAJE JUSTO DESPUÉS DE VER A LUCA para decirme que había formado un equipo de búsqueda. No puedo decir que me sorprendiera; no era de las que se quedaban de brazos cruzados. Me alegré de que me enviara el mensaje, pero me molestó que no me dijera de antemano que estaba pensando en formar uno. En cualquier caso, me puse en camino, pero no había duda de que un equipo de búsqueda me resultaba extraño y no quería participar.

Robin vivía en una bonita zona de Pine Ridge Estates, donde las parcelas eran grandes y las casas oscilaban entre el millón y medio y los nueve y más. A mí me gustaba. Tenía una buena ubicación que tenía su propio ambiente. Además, el nombre sonaba bien. Su casa valía más de tres millones; lo había consultado.

Cuando llegué a la casa, la entrada de adoquines grises estaba llena de coches. Una pequeña multitud se había reunido bajo la entrada cubierta de la casa. Al salir del automóvil, observé la casa. Siempre estaba perfectamente cuidada, y hoy no era diferente.

Robin, portapapeles en mano, estaba en la puerta. Aceleré el paso, moderando mi sonrisa mientras saludaba con la cabeza y me acercaba a ella para darle un rápido abrazo. Sonó su celular. Vaya, qué bien olía.

Robin terminó la llamada de un voluntario.

"¿Cuál es el plan?". Pregunté.

"No puedo esperar a la policía. Dijeron que lo encontrarían, pero la idea de que estuviera tirado en algún sitio me dolía... no podía soportarlo".

Se le saltaron las lágrimas. Le tomé la mano y se la apreté.

Le dije: "Entonces, busquemos. ¿Adónde?".

"No sé dónde buscar primero. Es abrumador".

"Lo sé, pero paso a paso. ¿Qué tal si nos dividimos y empezamos por los parques y las zonas boscosas?".

Ella asintió. "Sí, le dije a Marty y a Joe que tomaran algunos de los voluntarios y se dirigieran a Wiggins Pass, Veterans y Gordon. Tenemos que buscar alrededor de su trabajo".

"Buenos lugares para investigar".

Ella dijo: "También hay un montón de tierra sin construir por el Tech Park en Old Forty-one".

Sonó el móvil y le dijo a la persona que llamaba que buscara a Phil y su vehículo en Big Cypress Park, en los Everglades. El parque era un vasto pantano con acceso a través de una plataforma. Necesitarían un centenar de personas para inspeccionarlo todo. Hombre, esta iba a ser una larga noche.

No tenía ningún interés en atravesar ninguna zona boscosa y menos aún en caminar por un pantano de mala muerte. Mi plan era quedarme con Robin. Cuando los equipos empezaron a formarse, le dije: "El detective Luca vino a verme".

"¿En serio? Me sorprende. No parecía muy interesado. ¿Qué tenía que decir?".

¿No estaba interesado? Tenía que estar interesado en ella.

"No mucho, hizo un montón de preguntas. Le di toda la información que pude".

"¿Como qué?".

"Tú sabes".

"Si lo supiera no preguntaría. Venga, vamos, Dom".

"Quiero decir, ambos sabemos que a Phil le gustaba, ya sabes", entrecomillé, "vagabundear". "Solo le dije lo que sabía. Eso es todo".

Un voluntario se acercó y habló con Robin.

Después de despedir al alistado, Robin dijo: "Bueno, vámonos".

"¿Qué quieres decir?".

"A buscar".

"No vas a ir, ¿verdad?".

"Por supuesto. No puedo quedarme aquí sentada".

"Pero tienes que quedarte aquí. Ya sabes, este es el, el centro de mando".

"¿Tú crees?".

Bingo, ya me estaba escuchando. "Por supuesto. Eres la persona perfecta para dirigir las cosas desde aquí".

Sonrió brevemente. "Si tú lo dices".

"Por supuesto. Los dos deberíamos estar aquí".

"No, no. No puedes quedarte aquí, Dom. Nadie conoce a Phil como tú. Sabrías dónde buscar. Le pediré a Peg que se quede conmigo".

Maldita sea. Por mucho que quisiera, no podía oponerme al razonamiento.

Me fui con otros diez voluntarios que empezaron a gritar el nombre de Phil antes de salir de la entrada de Robin.

HACÍA un calor de mil demonios y mis zapatos estaban llenos de tierra. Debemos haber caminado diez malditas millas a través de las tierras de cultivo al sur de Immokalee Road y Everglades Boulevard. Por qué alguien pensó que Phil estaría aquí era un misterio para mí. Hice mi papel, gritando su nombre cada dos minutos, pero sabía que era inútil. Era una lata y tenía que recordarme una y otra vez la cita de Kaplan: "Si estoy en lo cierto sobre el panorama general, seré recompensado por mi paciencia".

Empezaba a tener hambre. Llamé a Robin tres veces mientras avanzábamos, presuntamente para ver si alguien tenía noticias. Aunque estaba estresada, seguía sonando como un vaso de agua azucarada. Me moría de ganas de que todo acabara.

El sol se estaba poniendo y sugerí que giráramos a la derecha y volviéramos. Nunca me había alegrado tanto de ver cómo la luz del día se disipaba en un tono gris agua de fregar mientras volvíamos a nuestros autos. Hambriento, volví a casa de Robin.

Todos los equipos de búsqueda habían regresado hacía horas, pero todavía había una docena de personas en la casa de Robin. Váyanse a casa. ¿No ven que necesita tiempo para relajarse? Desgraciadamente, su hermana Peggy, que había venido desde Savannah, estaba con Robin.

Eran gemelas, mentalmente hablando, pero Peg no era nada del otro mundo, aunque tenía algo de dinero. Supuse que estaría por aquí cuatro o cinco días como máximo, ya que tenía un importante trabajo dirigiendo una cadena de hospitales. Robin dijo que ya no estaban muy unidas, pero la sangre es muy fuerte, así que tenía que mantener las distancias.

Solíamos ir a un restaurante chino: a Robin le encantaba el cerdo moo shu. Sabía que ella lo apreciaría, así que pedí eso y un par de platos más. La comida rompió la tensión, pero por mucho que lo odiara, sabía que tenía que irme antes que los demás.

LUCA

DE VUELTA A LA US 41, LA RADIO LADRÓ, SACÁNDOME DE LA cabeza la imagen de Robin. Otro código 38 en Golden Gate. Un coche estaba de camino, pero en recepción no estaban seguros de si este disturbio doméstico implicaba una situación con rehenes y pidieron que respondiera cualquier unidad de la zona.

El centro comercial Coastland estaba a la vista. Encendí la luz estroboscópica y pisé el acelerador. Mientras aceleraba hacia el paso elevado, vi en Airport Pulling un vehículo con las luces encendidas. Recuperó terreno y estaba a solo media milla detrás de mí cuando giré hacia Coronado Parkway. Cuando giré a la derecha en Tropical Way, ya estaba pegado a mi defensa.

Me deslicé hasta un hueco detrás de otros dos vehículos de la policía estacionados frente al 16715 de Tropical, una propiedad que valoré rápidamente en bastante menos de trescientos mil. Al salir, eché un vistazo entre las casas; el tráfico pasaba a toda velocidad por el boulevard Santa Bárbara. Dos agentes uniformados estaban a horcajadas en la puerta principal, suplicando a quienquiera que estuviera dentro que abriera.

"Hola, Luca".

Me di la vuelta. Era Bill Bailey.

"¿Ensayo general para la Indy 500?".

"No conduzco como una abuela cuando mis compañeros me necesitan".

Bailey era un hermano en azul demasiado entusiasta para mí.

"Sí, bueno, si hubieras chocado contra un bache, o una abuela de verdad se hubiera parado en la carretera, me estaría preguntando qué color de traje llevar a tu funeral".

Un oficial de rostro rubicundo que no debía tener más de treinta años se había acercado trotando desde la puerta principal. Me presenté mientras los jóvenes chocaban los puños.

"Reilly".

"¿Qué pasa?".

El agente Reilly explicó que alguien que supuso era el marido abrió la puerta y dijo que abriría, pero nunca lo hizo. Reilly pidió hablar con la esposa, que había llamado al 911, pero el hombre alegó que estaba ocupada con los niños.

"¿Este tipo tiene nombre?".

"Oh, lo siento señor, Watkins, John. Caucásico, cuarenta y dos años".

"¿Trabaja?".

"Uh, no lo sé".

"Pues averígualo. Si se trata de una situación con rehenes, vamos a necesitar tantos datos como sea posible". Me dirigí a la puerta.

No había luces laterales para echar un vistazo, así que toqué el timbre. Veinte segundos después golpeé la puerta dos veces con el talón de la mano. Una voz de fumador respondió: "¿Qué quieres?".

"Solo quiero asegurarme de que todo el mundo está bien".

"Todo está bien. No hay ningún problema".

"Voy a necesitar verlo por mí mismo".

"¿Por qué? Quiero mi privacidad".

"Lo entiendo, señor. Sin embargo, parece que su esposa llamó al nueve-uno-uno diciendo que se sentía amenazada".

"Eso es mentira".

Levanté la voz un par de tonos. "Se lo voy a pedir una vez más. Abra la puerta o haré que la abran a golpes".

"Déjanos en paz".

Estaba a punto de amenazarle cuando un dolor agudo me golpeó el abdomen. Me encorvé un segundo.

Reilly apareció detrás de mí. "¿Estás bien, Luca?".

"Sí, tengo algunos dolores por gases. Tengo que mantenerme alejado de esa comida mexicana".

Reilly me dijo que Watkins acababa de empezar un nuevo trabajo de noche en FedEx y me preguntó si debía pedir refuerzos. Le dije que esperara un momento y volví a aporrear la puerta.

"Ya te he dicho que todo va bien, así que déjanos en paz".

"Mire, no convirtamos esto en algo de lo que se vaya a arrepentir. No hay razón para que FedEx sepa que la policía está en su casa, ¿verdad?".

"Oye, no juegues con mi trabajo, socio. Lo necesito".

"Depende de usted. Si abre, no hay razón para que FedEx sepa que tuvo una discusión con su mujer".

La cerradura hizo clic y la puerta se abrió 15 centímetros. Metí el pie, casi aplastando los dedos descalzos de Watkins. Era un tipo delgaducho. Barba incipiente y tenía algo que parecía una paloma tatuada en el cuello.

"Mira, no pasa nada, así que ¿por qué no nos dejas en paz?".

"Me gustaría ver a la señora".

"¿Para qué?".

"Bueno, ella es la que ha llamado".

Bajó la voz y abrió la puerta otros quince centímetros. "Se deja llevar un poco de vez en cuando. ¿Me entiendes?".

Mientras decía: "Claro que sí", tiré de la puerta para abrirla.

"Salga, señor Watkins".

"Esta es mi casa. No puedes obligarme a salir de mi maldita casa".

"Reilly, ¿podrían usted y Bailey arrestar a este caballero por no obedecer una orden policial?".

"De acuerdo, de acuerdo. ¿Puedo ponerme los zapatos primero?".

"Fuera, Watkins. Ahora".

Entré en la casa y grité: "¿Señora Watkins? Aquí el detective Luca. ¿Podemos hablar con usted?".

La puerta del dormitorio se abrió lentamente y una mujer pelirroja de unos cuarenta años entró en la sala de estar. Había estado llorando. La seguí, pensando que probablemente hacía una tarta de manzana estupenda. Había un montón de cristales rotos y una escoba apoyada en el sofá.

"¿Está bien?".

Asintió con la cabeza.

"¿Y los niños?".

"Los dos están en la escuela".

"¿Qué pasó que le hizo llamar al nueve-uno-uno?".

"No debería haber llamado. Fue un error. No quiero que John se meta en problemas. En realidad no hizo nada".

Me froté el vientre; me dolía. "Tómeselo con calma. A ver si lo arreglamos entre nosotros. ¿De acuerdo?".

Se animó.

"En realidad no fue nada. John había llegado del trabajo a eso de las cinco de la mañana. Necesita calmarse. No puede dormirse enseguida, es como si tuviera el ritmo alterado por trabajar de noche".

Asentí.

"Estaba viendo la tele, como siempre, pero el volumen era un poco alto, así que me levanté y le pedí que le bajara".

"¿Lo hizo?".

Frunció el ceño. "Estaba siendo insoportable y le subió. Así que me enfadé un poco. No quería que los niños se despertaran".

"¿Qué hizo?".

"Desconecté el enchufe de la caja del cable".

"¿Y?".

"Bueno, él, ya sabe, se enfadó. No debería haberlo hecho. El cable tarda mucho en volver a arrancar".

"¿Se puso violento con usted?".

Ella se miró los pies. "No, la verdad es que no".

"Está bien, puede contarme lo que pasó. No le va a pasar nada a John".

"No fue nada, de verdad. Se levantó y volvió a enchufarlo, y yo intenté desenchufarlo, y los dos fuimos el enchufe al mismo tiempo, ya sabe, y nos dimos un golpe, y yo perdí el equilibrio y me di un golpe contra la mesa y el jarrón se cayó". Miró el montón de cristal y se le saltaron las lágrimas.

"No pasa nada. ¿Qué pasó después?".

Lloriqueó. "Ese jarrón era de mi madre. Me lo regaló. Es lo único suyo que tengo. Cuando se cayó, me enfadé mucho, pero todo fue culpa mía".

"Pero cuando llamó al nueve-uno-uno, dijo que estaba amenazada, asustada, por usted y los niños".

"Los niños se levantaron y lloraban porque estábamos discutiendo. Así que los volví a acostar y me quedé en la habitación de mi hija hasta que llegó la hora de ir a la escuela".

"Los niños fueron a la escuela, ¿y luego qué?".

"Bueno, yo estaba muy enfadada por lo del jarrón, y él estaba durmiendo, y sé que fue una estupidez, pero puse la tele muy alta. Fue una estupidez. No sé por qué lo hice. Fue infantil, pero quería vengarme de él".

"Continúe".

"Entonces, se despertó y empezó a gritar. Tenía razón, necesitaba descansar y todo eso. No sé qué me pasó, pero subí el volumen al máximo. Salió volando del dormitorio, maldiciendo y persiguiéndome. Corrí al baño y estaba golpeando la puerta. Le dije que iba a llamar a la policía y me dijo que adelante". Se encogió de hombros. "Así que lo hice".

"¿Le puso la mano encima?".

"No, no".

"¿A los niños?".

"John nunca haría eso".

"¿Le empujó contra la mesa?".

"No, como dije, ambos chocamos".

"¿Quiere que lo lleve a la estación, ya sabe, para enfriarlo un poco?".

"No, se ha calmado. Quiero decir que estaba furioso porque llamé, y tiene razón, fue estúpido, pero no sabía qué más hacer".

"Nueve-uno-uno no es un juego, señora, pero por todos los medios, si usted siente que hay un peligro para usted o los niños por favor no dude en llamar".

Ella asintió.

"Quédese aquí un momento. Voy a hablar con su marido".

John Watkins le había sacado un cigarrillo a Bailey y estaba apoyado en la columna de la entrada.

"¿Qué le parece si abre el garaje?".

"¿Abrir el garaje? ¿Qué crees que encontrarás allí? ¿Cadáveres?".

"A menos que quiera que los vecinos le vean meterse en la parte trasera de una patrulla de policía, yo diría que tengamos una pequeña charla fuera de su vista".

Watkins tecleó un código y la puerta del garaje se levantó, revelando una podadora de césped, un surtido de bicicletas y muebles infantiles de plástico.

"¿Por qué no me dices por qué el condado tiene aquí a tres agentes de la ley?".

Su historia no varió demasiado de la de su mujer, excepto en lo referente al jarrón. Dijo que lo había golpeado por accidente, pero yo sabía que lo había roto a propósito. Fue estúpido y vengativo, pero mucho mejor que golpear a su mujer.

"Sabe, John, no soy nadie para aconsejar a nadie sobre el matrimonio, pero una cosa que puedo decirle es que no va a ser más fácil si no respeta las cosas que su esposa aprecia. Despierte, usted rompió lo único que su madre le dejó".

"No, no lo hice. Fue un accidente".

Mientras levantaba una palma, mi dolor abdominal se agudizó.

"Mire, entre y reconcíliese con su mujer. Cómprele algo que le guste para reemplazar el jarrón. Sorpréndala con algo".

Asintió con la cabeza como un muñeco.

"Vaya y haga las paces antes de que sus hijos salgan de la escuela".

"Gracias".

Mi dolor retrocedió, y mientras se dirigía a la puerta le dije: "Ey, John, ¿le gusta el pay?".

"Sí, claro".

"¿Cuál es su favorito?".

"Supongo que el de manzana o el de moras".

"¿Su esposa hornea?"

"Oh sí, es una gran repostera".

Sonreí y me fui.

AL LLEGAR a Goodlette-Frank Road recordé que Ron Vespo, uno de los tipos que me refirió Dom, el amigo de Phil, vivía en Calusa Bay. Pedí por radio su número de teléfono y le dije a Vespo que pasaría por allí.

Calusa Bay era un conjunto de casas antiguas de color azul cielo en una ubicación privilegiada. Por su ubicación, pensé que las unidades deberían venderse por más de los trescientos o cuatrocientos que valían. Había estado dándole vueltas a la idea de que podría merecer la pena comprar una como inversión.

Vespo vivía en un segundo piso con vistas al club. Cuando toqué el timbre, oí a los niños jugando al Marco Polo en la piscina.

Miré por la ventana lateral, vi a Vespo metiéndose la camisa en el pantalón como un buen chico mientras se acercaba.

Mostrando mis credenciales, le dije: "Gracias por recibirme con tan poco tiempo".

"De nada, agente. Cualquier cosa que pueda hacer para ayudar a Phil. Da miedo que desaparezca".

Los muebles del departamento eran anticuados y había dos credenzas repletas de trofeos deportivos, la mayoría de béisbol.

"Tengo entendido que Phil ya ha hecho esto antes".

Vespo ladeó la cabeza mientras yo aclaraba. "Un par de otros contactos dijeron que Phil se había marchado antes, liándose con una o dos mujeres".

"Oh, sí, todo el mundo sabía que le gustaba andar por ahí, pero nunca por más de un par de días, y por lo general le daba alguna historia tonta a su esposa".

"¿Robin?".

Sonrió. "Es una obra de arte, ¿verdad?".

Sentí que asentía y dije: "¿Cuánto hace que conoce al señor Gabelli y cuál es la naturaleza de su relación?".

Vespo me dijo que había conocido a Phil en el canódromo de Bonita hacía unos siete u ocho años a través de un tal Antonio Depas, que era amigo común. Vespo dijo que Phil acudía al canódromo con regularidad, muchas veces con una chica diferente del brazo.

Este era un lado de Gabelli que no había oído. Indagué un poco. "¿Qué cantidad de apuestas hacía Gabelli?".

Se encogió de hombros. "No más que todos los demás con los que salíamos".

"¿Cuál es una apuesta normal para su gente?".

"No sé, unos cien por carrera".

"Eso es mucho de donde yo vengo. Un tipo puede perder mil dólares en un día".

"No, tienes que acertar algo en doce carreras. Además, somos bastante buenos en esto".

Sí, tan buenos apostando que tu sofá es más viejo que mi abuela.

"¿Con qué frecuencia iba Phil a la pista?".

"Un par de veces a la semana".

"Suena como mucho para un tipo con un trabajo normal".

Vespo se encogió de hombros. "No estaba allí todo el día. Iba, hacía algunas apuestas y se iba".

"¿No veía las carreras?".

"Solo una o tal vez dos".

"Parece que tendría que haber llamado a su corredor de apuestas".

Vespo entrecerró los ojos, pero guardó silencio. Había algo ahí. Le dije: "Mire, lo último en lo que quiero involucrarme es en perseguir a un corredor de apuestas. Así que, ¿Phil tenía un corredor de apuestas?".

"Sí, y hace un año o dos se metió en un lío con él".

"¿Problemas?".

"Tuvo una racha de mala suerte, eso es todo".

"¿Phil estaba haciendo apuestas aparte y se metió en un lío?".

Vespo asintió.

"¿Cómo salió del atasco?".

"¿Cómo cree? Su mujer tiene dinero".

"¿Hay algo que Phil haya hecho que sea inusual, ya sabe, cualquier cosa, como un comportamiento extraño o algo secreto?".

"No, en realidad no, es bastante heterosexual".

"¿Seguro?".

"Sí, lo único que fue raro, fue hace como un año. Verá, cuando los chicos estamos en el hipódromo, siempre miramos la hoja de carreras, y decidimos cuánto apostamos y a qué cachorro. Luego uno de nosotros va a la ventanilla y compra todos los boletos para todos".

Asentí.

"Bueno, este día, era un sábado, lo recuerdo porque estuvo allí todo el tiempo. No paraba de decir que tenía que ir al baño casi antes de cada carrera. Así que le fastidiábamos por lo de la próstata. En fin, antes de una carrera dijo que iba a mear y se fue. Pero cuando fui por una cerveza, le vi en una de las ventanillas haciendo más apuestas".

"¿Le confrontó al respecto?".

"No me corresponde. No soy su padre".

Hablamos un poco más, pero no había nada más que destacar, aparte del hecho de que a Phil parecía haberle picado el gusanillo del juego. Conseguí el nombre del corredor de apuestas que usaban estos tipos, era uno que conocía, junto con la información de contacto de Antonio Depas antes de volver al auto.

STEWART

"Los logros son el resultado del trabajo que hace realidad la ambición" — Adam Ant

Tres largos y agotadores días peinando Collier y partes del condado de Lee ayudaron a drenar la emoción de Robin. Fue triste, y me sentí mal de que estuviera tan desesperada, pero necesitaba un choque con la realidad. En otro acontecimiento positivo, su hermana por fin salía de Dodge. Sabía que la solución era que todo volviera a la normalidad lo antes posible.

Dos días después, la oficina del sheriff le dijo a Robin que estaban siguiendo pistas pero que no ofrecían ninguna prueba de que hubiera algo fuerte. Aunque al principio fue deprimente para ella, pensé que ayudaba. Las cosas siguieron calmándose hasta que Robin y su amigo predicador, que creo que había puesto los ojos en ella, organizaron una vigilia nocturna.

A mí no me hizo mucha gracia, ya que ella había pasado de estar angustiada a recuperar un poco el equilibrio. Lo que me preocupaba, aparte del predicador, era que se volviera a emocionar y diera un paso atrás. ¿Cómo iban a volver las cosas a la normalidad si ella era siempre un caso perdido?

Tardé media hora en decidirme por unos pantalones color gris oscuro y una camisa blanca. No se preveía lluvia, así que me pareció seguro llevar mis nuevos mocasines Gucci. No podía permitírmelos, pero me quedaban muy bien.

La vigilia se celebraba en el parque Cambier, y había mucha más gente de la que esperaba. Entre el centenar de personas que portaban velas y las decenas de turistas curiosos, el parque estaba lleno hasta la mitad. Habían pasado dos semanas desde la desaparición de Phil, así que tal vez la gente pensó que era una especie de funeral.

El lugar tenía un aspecto espeluznante. El quiosco de música donde estaban Robin y el predicador no estaba totalmente iluminado. Subí las escaleras hasta el escenario mientras el pastor pedía la intervención de Dios y el regreso de Phil sano y salvo. Buena suerte con todo eso. Me hice a un lado y observé a la multitud. Había todo tipo de gente.

Observé un puñado de caras conocidas. Miré a unos imbéciles que habían traído sillas de jardín, como si fuera un concierto o algo así, y vi al detective Luca apoyado en un gigantesco árbol baniano.

¿Qué hacía aquí? Tenía una taza de algo en la mano y miraba fijamente al escenario mientras se alargaba el rezo. La serpiente probablemente intentaba acercarse a Robin.

Cuando terminaron las plegarias, un cantante que no conocía se acercó al micrófono y empezó a dirigir a la multitud con *He's Got the Whole World in His Hands*.

Canté con él y estudié a Luca, que no estaba cantando. Cuando su mirada se dirigió hacia mí, empecé a llorar. No fue un festival de sollozos ni nada por el estilo, pero, de repente, todo me brotó. Me acerqué a Robin: la necesitaba, nos necesitábamos para salir de esta.

Un círculo de personas rodeaba a Robin, todas ellas necesitadas de pañuelos de papel. No podía acercarme a ella. De repente, el predicador tomó el micrófono y dirigió a todos en el Padre Nuestro. No soy un santo, pero puedo decir que se me erizaron los pelos de la nuca. Busqué a Luca junto al baniano, pero no estaba allí.

Debieron pasar al menos otros quince minutos de cantos y oraciones antes de que Robin tomara el micrófono y diera las gracias a todos por venir. Por fin había terminado; había que dar gracias a Dios. Me moría de hambre y esperaba poder comer algo a solas con Robin. Un montón de gente la rodeaba constantemente. Necesitaba tiempo para relajarse. Ambos lo necesitábamos.

Irrumpí en el grupo y le di un beso en la mejilla. Intenté pescar su mano, pero ella la apartó y le dijo al predicador: "Paul, este es Dom Stewart. Él y Phil eran... son buenos amigos".

"Encantado de conocerle, reverendo. ¿A qué iglesia pertenece?".

Tenía las manos muy pequeñas y reprimí una carcajada cuando me habló de su iglesia en Bonita Beach Road.

Le di un golpecito en el hombro a Robin. "¿Qué te parece si salimos a comer sushi? Los dos solos".

"Sushi suena genial, pero ¿y los demás?".

"¿Qué quieres decir?".

"No puedo simplemente dejarlos. Salieron por mí, por Phil".

"¿Por qué no?".

Me fulminó con la mirada y le dije: "Es broma, tranquila".

Para mi disgusto, el predicador sugirió que fuéramos a Mel's Diner. No tenía ningún interés en ir, aparte de vigilar al predicador, pero fui, junto con otras diez personas.

Mientras caminaba hacia el estacionamiento detrás de la Quinta Avenida, vi a Luca merodeando por la entrada trasera del Hob Nob. No sabía qué hacer. ¿Me había visto? Si me daba la vuelta quedaría mal, así que decidí seguir andando. Justo cuando cruzaba la calle, una rubia de falda corta asomó la cabeza por una puerta y el detective la siguió al interior.

STEWART

"La mejor manera de predecir el futuro es inventarlo" —
Alan Kay

DE VUELTA A CASA, NO IMPORTABA CUÁNTAS VECES CAMBIARA DE emisora de radio, seguía pensando en Phil. Después de pasar tiempo con Robin, solía estar en las nubes, pero ahora tenía ganas de llorar otra vez. No había parpadeo que pudiera borrar la imagen de su cara grabada a fuego en mi mente. Me estaba convirtiendo en un maldito caso perdido, chupando mi inhalador como si fuera una maldita paletita. Me lamenté por el hecho de que si Phil hubiera seguido mi consejo, no estaríamos lidiando con todo esto.

Seguía presente, después de tanto tiempo. No era un tema fácil de abordar, pero lo había preparado bien, gastando mucha energía en debatir los detalles de cómo, dónde y cuándo.

Phil, con todos sus defectos, hacía mucho trabajo voluntario con niños. A saber por qué. Probablemente era la culpa de engañar a Robin. Phil ayudaba con los Boy Scouts, con Gran

Hermano, e iba todos los martes por la tarde al Centro de Cuidado Infantil de Immokalee.

El plan era reunirnos en el centro, cenar algo y luego ir al casino a jugar al blackjack y disfrutar de la acción con las damas.

El olor a comino y ajo flotaba en el aire mientras nos acomodábamos en un reservado de cuero verde en Mi Ranchito. Familiarizados con el menú, pedimos rápidamente. La camarera nos puso un tazón de totopos de maíz y salsa, y Phil empezó a hablar de una chica nueva que había conocido en el trabajo. Y de repente tuve mi oportunidad.

"Mira, Philly, no quiero hablar fuera de lugar ni nada, pero ¿qué estás haciendo, amigo?".

Phil alcanzó una tortilla. "¿De qué estás hablando?".

"Vamos, hombre, siempre estás de juerga".

Sonrió. "Sí, ¿y qué pasa con eso?".

"Tienes que dejarlo. No está bien. Te vas a meter en problemas, te lo aseguro".

Me hizo un gesto para que me fuera y metió un totopo en la salsa. "Solo me estoy divirtiendo, hombre. No tiene nada de malo. Siempre dices que hay que aprovechar las oportunidades".

"Pero no es justo para Robin".

"No te preocupes, lo tengo todo controlado con ella".

"¿Sí? La estás tratando como a un trapo". Me incliné y bajé la voz. "Se merece algo mejor. En vez de hacerla pasar por una mala racha, ¿por qué no la dejas?".

Los ojos de Phil se entrecerraron. "¿Quién demonios te crees que eres? No te metas en mis asuntos".

Me quedé helado. Nunca se había enfadado así conmigo en todos los años que nos conocíamos.

"Yo... yo solo digo que sería mejor para todos nosotros si, ya sabes, si simplemente acabaras con el matrimonio".

Puso las manos en las caderas. "¿Todos nosotros? ¿Qué demonios significa eso?".

"Nada, Philly, no significa nada. Mira, olvídalo. Lo siento, me entrometí".

Phil meneó la cabeza y salió de la cabina.

"¿A dónde vas, Philly?".

Fue un desastre, y nuestra amistad nunca se recuperó. No podía ver en qué me había equivocado. Para mí tenía sentido. Era un marido terrible y siempre estaba jugueteando con otras mujeres, aunque Robin no podía verlo.

No tenía sentido, y las cosas empeoraron.

No solo estaba furioso, sino que además se lo contó a Robin, poniéndola en pie de guerra conmigo. No entendía yo por qué Robin no podía ver que yo estaba cuidando de ella. Se enfadó muchísimo y me acusó de intentar romper su matrimonio. Pensaba que tenía un gran plan para hacer felices a todos y me estalló en la cara.

Después de aquel episodio, aunque ella le pilló un montón de veces enredándose, la relación entre nosotros nunca volvió a ser tan buena como antes. Yo estaba desconcertado.

Últimamente no nos habíamos visto tanto, y pensé que eso mejoraría mucho con la marcha de Phil, pero no fue así. Nos separaba un vacío en el que tendría que trabajar. Ahora las cosas estaban desordenadas, pero sabía que todo saldría bien. Me detuve frente a mi casa y recordé que debía llamar al detective Luca por la mañana. Tenía que contarle algo.

LUCA

STEWART ERA MÁS LISTO DE LO QUE PARECÍA, O SE CREÍA MÁS listo de lo que era. Las cosas estaban mal. La cuestión era si estaban mal por un milímetro o por una milla.

Cuando le pregunté por qué nunca mencionó que a Phil le gustaba apostar, dijo que no creía que fuera importante. Y cuando le dije que podría haberse metido en un buen lío, Stewart dijo que de ninguna manera. Tenía mucho dinero, y si perdía mucho no era para tanto.

Parecía estar encubriendo las aventuras de juego de su amigo. Según Vespo, su amigo Phil iba al canódromo un par de veces a la semana, y Stewart nunca lo mencionó... Stewart solo dijo que de vez en cuando iban al casino de Immokalee, pero dijo que Phil nunca hacía grandes apuestas y que estaba más interesado en las camareras que en las mesas de juego.

No cuadraba, y ahora la pregunta era si esto significaba algo o no. Si Phil se metía en problemas apostando, no veía por qué Stewart lo encubriría. ¿Me estaba perdiendo algo?

¿O Stewart se estaba haciendo el gracioso? Ocultando un hecho importante, que él sabía que nos interesaría. ¿Pero cómo le serviría? Simplemente no tenía sentido.

Esperaba que el corredor de apuestas de Phil le diera algo de claridad al tazón de lodo sentado en mi escritorio.

Busqué antecedentes penales. Mirando el expediente de Butch Turnberry, parecía que no era más que un bravucón cuyos mejores días habían sido en la preparatoria. Turnberry, un deportista que destacaba en el fútbol americano, había ido de un trabajo a otro después de graduarse y había cometido un puñado de agresiones por el camino.

Stewart me había dado su nombre, pero no me imaginaba a un delincuente de poca monta pasándose a algo más siniestro. Con Vargas de vacaciones, tenía que priorizar. ¿Podría congelar a Turnberry? Estaba indeciso porque en uno de los asaltos había un bate. No se consideraba un arma mortal, pero había visto muchos cráneos golpeados en Nueva Jersey.

Mirando la ficha policial de Turnberry, le rogué que me hablara. Nada.

Tomé un bote de Tums del cajón, derramé tres y mastiqué las pastillas calcáreas mientras pensaba. El lugar de trabajo de Phil Gabelli aún necesitaba una visita, pero al mirar de nuevo la foto del rufián, decidí que eso tendría que esperar hasta que viera a este vándalo.

Turnberry vivía en una zona conocida como Naples Park. Para mí, la zona era el último enigma inmobiliario. Enclavada junto a Vanderbilt Beach Road, al oeste de la 41, Naples Park tenía una gran variedad de casas. La ubicación era de diez, pero había una epidemia de búngalos con tantos autos estacionados enfrente que parecían estacionamientos de autos usados.

Había tramos de calles donde las casas habían sido totalmente reconstruidas, pero podían estar al lado de una destartalada choza. Siempre pensé que la zona prometía y quise invertir en ella. Cuando me trasladé por primera vez a Naples, pensé que podría ser el próximo Park Shore, pero un amigo agente inmobiliario me advirtió que me mantuviera alejado.

Como sospechaba, Turnberry vivía en un refugio color azul viejo con ocho carros desparramados sobre el césped. Dos de ellos estaban sobre bloques y otro tenía una lona encima. Compadeciéndome de la gente que vivía en la cuidada casa de la izquierda, me dirigí a la puerta.

Un adolescente descamisado salió a la entrada y lanzó una mueca de desprecio cuando mostré mis credenciales y pregunté por Turnberry. Me dio la espalda y gritó por mi objetivo mientras desaparecía.

Turnberry, que medía seis pies y tenía los hombros anchos, era una losa de granito en forma de V con apenas una pizca de barriga cervecera. Le mostré mi placa cuando se acercó. Me miró con desconfianza y no abrió la puerta.

"¿Qué quieres?".

"¿Conoces a un tipo llamado Phil Gabelli?".

"¿A quién?".

Llevaba tanto tiempo haciendo esto que sabía que las primeras preguntas siempre acababan en negaciones. Acerqué una foto a la puerta mosquitera. "Será más fácil de ver sin el mosquitero en medio".

La puerta se abrió chirriando, dejando ver un par de tenis de gran tamaño y una cicatriz garabateada en una rodilla. Se inclinó hacia el teléfono y sacudió la cabeza.

"Ni idea de quién hablas".

Era la segunda negación. Normalmente había tres o cuatro antes del, oh sí, ya me acuerdo.

"¿Qué tal Dom Stewart? ¿Lo conoces?".

Podía ver el cálculo que estaba haciendo. Había yo pasado por esto. A veces era como un baile.

"El nombre me suena un poco familiar, pero ¿de qué se trata todo esto?".

"Dom y Phil son mejores amigos".

"Bien por ellos".

"Stewart dijo que conocías a Gabelli".

"¿Quién demonios puede recordar a todos los que ha conocido?".

Justo a tiempo, una almeja criminal comenzó a abrirse.

"Stewart dijo que jugó al fútbol contigo. Estaba en tu equipo".

"Mentira. Nunca jugó. Verás, en un campo nunca sabes lo que va a pasar después del lanzamiento de la moneda. Stewart no podía manejar cosas así, tenía que tener un ángulo".

Sabía que no jugaba con Turnberry, pero lo del ángulo era nuevo.

"¿Qué quieres decir con buscar un ángulo?".

"Vamos, hombre, ya sabes lo que quiero decir. Esos tipos a los que no les gusta jugar limpio".

¿Una lección de ética de parte de un rufián? Era la primera vez. Me guardé los datos y volví a lo mío.

"Sé lo que dices de Stewart. De todos modos, dijo que conocías a Gabelli". Volví a ofrecerle la foto y la amnesia retrocedió.

"Sí, le he visto por ahí con Stewart".

"¿Dónde?".

"En el casino".

"¿Juega mucho?".

Sacudió la cabeza. "Solo los tontos apuestan".

Tenías que admirar a este tipo. Estuvo en la cárcel, vivía en una ratonera, pero era una fuente de sabiduría. Quizá le vendría bien al departamento de filosofía de la Universidad de la Costa del Golfo.

"¿Estaban apostando entonces?".

"Jugaban, bebían y miraban a las chicas. Solo una noche de chicos".

"¿Alguno de ellos pidió alguna vez un préstamo?".

Se rió. "Vienes al lugar equivocado si buscas dinero. Nunca presto dinero. Siempre te mete en problemas, créeme".

Otro consejo del sabio de la vida.

"He oído que no te llevabas bien con Gabelli. ¿De qué se trataba el desacuerdo?".

¿"Desacuerdo"? ¿Quién dijo eso?".

"Tu amigo Stewart".

"Él no es amigo mío, solo un tipo que conozco".

"Bueno, este tipo que conoces, dijo que investigara contigo lo que pasó con Phil Gabelli".

"¿Qué quieres decir con lo que pasó? ¿Qué demonios se supone que significa eso?".

"Dijo que no te gustaba Gabelli, y, quién sabe, eres conocido por agredir a la gente. Quién sabe, quizá le diste una paliza".

Dio el más mínimo paso adelante, y me incliné hacia él a modo de advertencia.

"No sé qué estupideces persigues. Pero no sé de qué estás hablando. Este tipo Gabelli, tenía una boca inteligente, no sé quién demonios se creía que era".

"¿Tuviste que ponerlo en su lugar?".

"Nunca le puse un dedo encima. Me hubiera encantado derribarlo de su caballo, pero estoy practicando la moderación en estos días. Incluso he estado meditando".

Meditando. Pagaría por ver a este canalla canturreando, con las piernas cruzadas en el suelo.

"Supongo que tienes que encontrar un nuevo mantra. ¿No te pillaron en una pelea en Rusty's hace unos diez días?".

"Mira, no fue culpa mía. Ese bravucón me estaba incitando. No paraba de mover la bola blanca. Le dije que parara, pero no me escuchó. Tenía que hacer algo; todo el mundo estaba mirando. Tengo una reputación, sabes, tengo que mantenerla intacta".

Vaya, no estaba buscando ser el Dalai Lama después de todo.

"¿Te provocó Gabelli?".

"Lo entendiste todo mal, hombre".

"¿Yo?".

"Déjame decirte que era un sabelotodo, sin duda, pero no me amenazó ni me jodió como ese estúpido de Rusty's. Lo más cerca que estuvo fue cuando no paraba de darme lata, queriendo apostar conmigo a que podía ligarse a una mujer en una mesa de blackjack".

Mujer y Phil Gabelli, perfectos juntos. "¿Le apostaste?".

"Ya te dije que no apuesto. Además, odio decirlo, pero tenía un don con las mujeres".

"Eso he oído".

Turnberry era un callejón sin salida, empezaba a darme cuenta. Investigaría un poco más, pero la pregunta que me rondaba la cabeza era por qué Stewart lo había señalado como alguien con quien hablar.

"¿Te llevas bien con Stewart?".

"Mira, yo no toqué a ninguno de esos tipos".

"No estoy diciendo que lo hicieras. Solo intento entender qué hago aquí hablando contigo".

"Tendrás que preguntarle a Stewart".

Finalmente, un consejo que podía usar.

STEWART

"El éxito de cada día debe juzgarse por las semillas sembradas, no por la cosecha recogida" — *John C. Maxwell*

Dije: "Hola, ¿detective Luca?".
"Sí. Soy yo, señor. ¿Quién habla?".
"Dom Stewart, ya sabes, Robin y, uh, el amigo de Phil".
"¿Qué puedo hacer por ti?".
¿Ni siquiera un maldito hola?
"Bueno, me puse a pensar en Phil y su ojo errante y recordé que había una chica de las islas con la que estaba relacionado".
"¿Islas?".
"Sí, creo que era Martinica, o quizá San Martín, una de esas islas francesas del Caribe".
"Continúa".
"Sabes, estoy noventa y nueve por ciento seguro de que era Martinica. Bueno, Phil estuvo interesado en ella por un tiempo, quiero decir, estaba realmente interesado en ella, a lo grande. La veía mucho y desaparecían durante días".

"¿Cuándo fue esto?".

"Hace unos tres años.

"¿Iba a Martinica a verla?".

"A veces, pero ella venía mucho. Trabajaba para una aerolínea. Creo que era American".

"¿Cómo se llama?".

"No estoy seguro, su nombre era Nicole. El apellido era algo así como Paster, Passor...".

"¿Dices que fue hace tres años?".

"Tal vez un poco más".

"¿Y después de cuánto tiempo terminó?".

"No lo sé exactamente, pero yo diría que la mayor parte de un año".

"¿Y sabes si lo retomaron?".

Tenía que admitir que era una buena pregunta en la que no había pensado.

"Que yo sepa, no".

"Vale, lo veremos, pero parece una posibilidad remota".

"No, tienes que investigarlo, detective".

"¿Y eso por qué?".

"Él y ella tuvieron un hijo juntos".

"¿Un niño?".

"Sí, un niño pequeño".

"¿Lo sabe Robin?".

Otra vez, llamándola Robin. "No, Robin lo habría matado. Robin estaba loca por tener hijos, pero Phil no, dijo que le arruinaría su estilo de vida. Incluso, aunque no estoy cien por ciento seguro, creo que le hizo abortar".

"¿A Robin?".

"Sí, es muy triste. Ella solo quería ser madre. Toda mujer debería poder hacerlo".

"¿Crees que Robin se enteró de alguna manera y mató a Phil en un ataque de ira?".

"No lo sé. No lo creo, pero supongo que nunca se sabe, ¿verdad?".

"No entiendo algo, señor Stewart".

¿Señor Stewart? "¿Qué, detective?".

"¿Acabas de recordar esta relación?".

"Sí, Philly tenía muchas relaciones".

"¿Alguna de ellas tenía hijos con él?".

"Uh, no".

"¿Alguna de ellas vivía en una isla?".

"No".

"Parece que la mayoría recordaría esas cosas, señor Stewart".

Mierda, no debería haber sido tan duro. Quería colgar.

"Supongo que no pensé que volvería con ella".

"Ya veo. Por cierto, fui a ver a Turnberry, y dijo que no tenía ni idea de por qué me diste su nombre. Dijo que apenas los conocía".

"Eso son tonterías. Le conocíamos de la escuela".

"Pero Phil y tú no lo veían mucho últimamente, ¿verdad?".

"Aquí y allá. Ha sido arrestado un montón de veces, fue a la cárcel. Pensé que era alguien a quien deberías investigar, eso es todo. Solo intento ayudar".

"De acuerdo, señor Stewart. Investigaremos lo que nos has dicho".

LUCA

Cuanto más hablaba con Stewart, más me inquietaba. Había algo raro en él. No podía poner el dedo en la llaga y lo había atribuido a que era una especie de bicho raro, pero ahora me habla de una relación duradera con una chica de las islas con la que Phil tuvo un hijo. ¿Y después de la inútil indagación sobre Turnberry?

Debería haberlo dicho desde el primer día. Esto era importante. Otro dolor agudo me golpeó el abdomen, casi dejándome sin aliento. Esto estaba durando demasiado. Necesitaba que me viera un médico. Cuando se calmó, empecé a pensar que tal vez Stewart estaba protegiendo a su amiga y no quería que Robin lo supiera. Stewart era ciertamente protector con ella, un poco demasiado, si me preguntas.

Hombre, qué vergüenza sería si todo este tiempo Phil estuviera sentado en una playa con su familia isleña mientras Robin organizaba grupos de búsqueda. Sería la noticia principal durante semanas.

Echaba de menos no poder hablar de este caso con mi antiguo compañero, J. J. Cremora. Nos contábamos tantas cosas. Era un buen policía y evitaba que yo fuera obsesivo, la mayor parte del tiempo. Todavía no podía creer que se había ido. Perderle fue lo más duro que me ha pasado. El divorcio, la mayor parte por mi culpa, no fue nada comparado con su muerte. El único consuelo fue que su muerte me trajo a Naples.

Habíamos pasado por muchas cosas juntos; juro que si no hubiera sido por él, nunca me habría recuperado del caso Barrow. Me vino a la cabeza la imagen del chico colgado de las tuberías de su celda.

Me levanté. El sol brillaba a través de las ventanas, pero la habitación se cerraba sobre mí. Me dirigí al baño para echarme agua fría en la cara. No importaba cuántas veces le dijera a mi reflejo que se sacudiera la sensación de tristeza, no funcionaba. Necesitaba una dosis del elixir del suroeste de Florida y, como era casi la hora de comer, me dirigí directamente al Turtle Club para conseguirlo.

Aún no era mediodía, pero la terraza del restaurante estaba casi llena. Conseguí una mesa y me quedé hipnotizado por la placidez del golfo hasta que una mujer vestida de incógnito se sentó a mi lado. Era un encanto, y le dije: "Bonito día".

Ella sonrió. "Ha estado bonito toda la semana".

"Sé lo que quieres decir. Aquí ni siquiera necesitamos un canal meteorológico".

"¿Vives aquí?".

"Sí, estoy atrapado en el paraíso".

"Debe ser agradable".

Asentí. "¿De dónde eres?".

Se llamaba Kayla y venía de Chicago para asistir a un taller de marketing. Por lo que a mí respecta, no necesitaba ayuda para vender; compraría cualquier cosa que vendiera. El taller había terminado y esta joya estaba disfrutando de unos días de vacaciones que había añadido al viaje.

Es la primera vez que vengo al Turtle Club. Intenté venir ayer, pero estaba lleno".

"Aquí siempre hay mucha gente. ¿Qué te parece si les ayudamos? Puedo pasarme a tu mesa y dejar libre una para algún afortunado".

Ella estuvo de acuerdo y sonreí al pensar que en el cielo, mi amigo JJ estaba moviendo los hilos y me había ayudado de nuevo.

DE VUELTA DEL ALMUERZO, me conecté al portal internacional y rellené dos solicitudes a la Interpol, una para cada uno de los posibles apellidos de esta chica isleña. Los europeos solían tardar de tres a cuatro días en responder, pero ¿quién sabía cuánto tiempo tardaban en hacer un seguimiento en el Caribe, o incluso si lo hacían?

Al llamar a la sede de American Airlines en Fort Worth, me encontré con un laberinto de buzones de voz. Al tercer menú ya me había perdido y tuve que volver a llamar.

La mujer de recursos humanos fue bastante amable, pero me dijo que la aerolínea consideraba confidenciales los expedientes de los empleados. Le expliqué que era un asunto policial y que solo quería saber si cierta persona trabajaba para ellos y cómo ponerme en contacto con ella.

Me dejó en espera un minuto antes de decirme que tenía que presentar la solicitud por escrito. Cuando le pregunté cuánto tiempo tardaría en recibir mi solicitud, me dijo que tenía que pasar por los departamentos jurídico y de recursos humanos.

Preparé la solicitud y empecé a pensar en la cita que había concertado con Kayla cuando sonó mi teléfono. La llamada me proporcionó un dato inesperado que complicó el caso de Phil Gabelli.

STEWART

"La gema no puede pulirse sin fricción ni el hombre sin pruebas"
— *Confucio*

TRES DÍAS DESPUÉS DE HABERLE HABLADO A LUCA DEL VIEJO ligue caribeño de Phil, el detective me llamó y me pidió que fuera a su despacho. Estaba seguro de que había encontrado a alguien que encajaría con mi chica isleña y había elegido un buen par de pantalones blancos para la ocasión. Emocionado, pero temeroso de tener que atravesar el tráfico para llegar al complejo municipal, me pasé la afeitadora eléctrica por la cara y me cambié de camisa antes de subir al auto.

Salí de Tamiami Trail y me estacioné en una plaza del garaje. No hacía calor y la humedad era baja, pero mi camisa se iba oscureciendo a medida que vaciaba los bolsillos para el control de seguridad. Repitiendo en silencio la cita "Dale alas a tu estrés y déjalo volar", tomé asiento en la sala de espera.

Luca salió antes de que pudiera yo leer una página de Men's Health. No era amable, y mi guardia se puso aún más alta cuando me hizo pasar a su estrecho despacho. El escritorio y el archivero de Luca estaban repletos de expedientes, pero no había ni una sola foto de familiares o amigos.

"Toma asiento. ¿Quieres algo de beber?".

Eso estaba mejor.

"No, estoy bien, gracias. ¿Para qué querías verme? ¿Tienes alguna pista sobre Phil?".

"No, pero cuando la tengamos será a Robin a quien informemos".

Robin. Como si fueran viejos amigos. Tuve la sensación desde el principio de que este galán trataría de hacer un movimiento sobre ella. Me preguntaba qué pensaba ella de él. De todos los detectives del mundo tenía que trabajar el caso el que se parecía a George Clooney. Sin duda, era jodidamente guapo. Tendría que enfrentarme directamente con Robin y preguntarle qué pensaba de él.

Luca se inclinó hacia delante y dijo: "¿Cómo es que nunca me dijiste que tú y la señora Gabelli tuvieron una aventura?".

Vaya. ¿Quién demonios le dijo eso? ¿Pudo haber sido Robin? Imposible. Se me estaba apretando el pecho cuando dije: "No tiene nada que ver con nada".

"En mi libro, desde luego que sí".

"¿Cómo lo descubriste?".

"No importa el cómo. Quiero saber de qué iba todo eso".

Saqué mi inhalador.

"No es asunto tuyo. Mierda, vas por ahí indagando sobre la vida privada de la gente. Eso es basura, si me preguntas".

"Tomo nota. Ahora, tu amigo está desaparecido, y tú estabas durmiendo con su esposa. Suena a coincidencia, ¿no te parece?".

"¿Y ahora qué, soy sospechoso?".

"Investigamos a todo el mundo, especialmente a los cercanos al señor Gabelli. Tu, digamos, relación con su esposa es un elemento interesante".

"Bueno, yo no tuve nada que ver con lo que le pasó a Phil".

Luca se echó hacia atrás. "¿Qué le pasó?".

"No lo sé. Desapareció, eso es todo".

Luca hizo una mueca y se frotó el costado. "¿Estás seguro?".

¿Qué demonios quería decir con eso?

"Mira, ya te lo he dicho, a Phil le gustaba ir por ahí tirándose a cuanta mujer le caía en las manos. Probablemente esté acostándose con alguien ahora mismo".

Luca se echó hacia atrás y puso el pie encima de una esquina de su escritorio. "¿Quieres saber algo más interesante?".

No me gustó cómo sonaba eso, así que me encogí de hombros.

"Parece que le dijiste a Robin que dejara a Phil. ¿Es cierto?".

¿Cómo demonios sabía eso? Quiero decir, Robin, por el amor de Dios, ¿qué estás haciendo aquí?

"Mira, como te dije, Phil siempre engañaba a Robin. Era una relación abusiva. ¡La estaban haciendo quedar como una maldita tonta por el amor de Dios!".

"¿Ahora eres consejero matrimonial?".

"Oye, Robin y yo somos buenos amigos".

"¿Amigos? Yo diría que eran mucho más que eso".

"¿A dónde quieres llegar? ¿Tienes algo contra mí más que una vieja aventura?".

Luca ladeó la cabeza y sonrió. Era un maldito engreído.

Le dije: "No olvides, detective, que esto fue hace un par de años".

De repente, Luca se agarró el estómago y apretó los dientes. Luego se dobló por un segundo. No parecía encontrarse muy bien, así que me levanté.

"Si no tienes nada más, me voy".

LUCA

El dolor duró más de lo normal. No debería haber dejado que Stewart se fuera, pero parecía que nunca iba a desaparecer. Stewart era una víbora. Se estaba tirando a la mujer de su mejor amigo. ¿Qué tan bajo puedes caer?

Al menos no lo agravó mintiendo. Chico, me hubiera encantado haberle pillado en eso. Stewart debería haber dicho algo sobre la aventura. De hecho, Robin también debería haberlo hecho. La gente cree que puede guardar secretos oscuros entre ellos, pero si me preguntas, la única forma en que dos personas pueden guardar un secreto es cuando una de ellas está muerta.

La aventura era una bomba en potencia. Abría todo tipo de posibilidades. Stewart podría haber acabado con su colega para tener otra oportunidad con Robin, o ambos podrían estar protagonizando una conspiración para acabar con Phil. Había una posibilidad de que Robin, aunque no podía verlo, lo hubiera hecho sola. Todo estaba abierto ahora que sabía que no era la esposa fiel que se pintaba a sí misma.

Hice una nota mental para comprobar si había alguna póliza de seguro de la que Robin pudiera beneficiarse mientras me dirigía al baño.

Un toque de rojo en mi orina me alarmó. Se acabó la espera; si no conseguía cita con el médico para mañana, iría al consultorio de Vanderbilt. Pensé de pasada en dirigirme a la clínica de urgencias en ese mismo momento, pero no quería que nada se interpusiera en el camino de la cita que tenía con Kayla.

Aunque echaba mucho de menos a mi antiguo compañero JJ, trabajar solo parecía sentarme bien la mayoría de las veces. Pero con un caso que parecía crecer cada día, estaba deseando que Mary Ann Vargas volviera de vacaciones. Era mi primera pareja femenina, y aunque de vez en cuando me ponía las cosas difíciles y le gustaba la astrología, era de lo mejor que había. Además, había algo en ella que no podía identificar. A veces parecía dulce como el azúcar y otras, era tan sencilla como el pan blanco. En cualquier caso, me mantenía alejado, o al menos esperaba hacerlo.

Mañana nos repartiríamos las tareas. Yo seguiría el asunto con Robin y profundizaría en Stewart, tal vez incluso haría una visita a su lugar de trabajo. Mientras tanto, Mary Ann buscaría al corredor de apuestas al que Phil le debía dinero y averiguaría lo que pudiera sobre las finanzas de Robin y Phil.

Mi móvil me recordó que tenía que estar en el juzgado a las dos en punto. Gracias a Dios por el recordatorio. Me había olvidado de que tenía que testificar en un caso de robo de autos. Una rama de la mafia rusa se había establecido en Miami y se había beneficiado de un plan bastante inteligente. Los rusos se asociaron con un grupo de criminales haitianos en el condado de Collier que robaban automóviles específicos de alta gama solicitados por los rusos.

Naples tenía un montón de ricachones con autos caros que apenas conducían. Muchos de los propietarios se ausentaban durante semanas, y los rusos tenían mucha información sobre quién, cuándo y dónde. Los haitianos se apoderaban de los vehículos y los llevaban a Miami en remolques marcados con la marca FedEx.

Una vez que llegaban, los rusos los cargaban en contenedores y los enviaban a Europa del Este. La mayoría de los vehículos salían del país antes de que se denunciara su robo. Era un plan perfecto hasta que se volvieron codiciosos y empezaron a hacerse con autos cuyos propietarios sabían que habían desaparecido y habían denunciado su robo.

Los rusos utilizaron duplicados de los números de identidad de los vehículos para pasar los autos robados por el control de exportaciones, reflejando el mismo esquema que utilizaron con la venta de números de seguridad social reales a ilegales. Era una idea tan simple en un mundo tan complicado que pasó desapercibida durante demasiado tiempo.

Sonreí de camino al juzgado, pensando que todo lo bueno se acaba.

Sentí alivio cuando vi a Kayla esperando en Baleen. Tenía muy buen aspecto, no, mejor, que la primera vez que la vi. Había percibido mejor de lo que eran a unas cuantas damas a lo largo de los años, siempre inducido por la neblina del alcohol, pero esta chica era una belleza auténtica. Kayla estaba vestida para matar. Me alegré de haberme duchado y cambiado.

Me gustó que no estuviera en el bar, sino en el vestíbulo de La Playa. A pesar de la forma abierta en que nos conocimos, estaba claro que no se sentía cómoda estando sola en un bar extraño.

Me saludó con un beso en la mejilla y nos dirigimos a través de la multitud de gente que estaba allí para ver la puesta de sol. Me preocupaba que no hubiera una buena mesa para ver el sol hundirse en el golfo, pero mi amigo del bar había hecho su parte por mí.

Nos acomodamos en una mesa de la terraza y pedí una botella

de Viognier. No pude resistirme a pedir una variedad poco conocida para impresionarla.

"Vaya, debes de tener contactos. Mira esto. Es precioso".

"Una de las ventajas de vivir aquí".

"Bueno, fue muy dulce de tu parte traerme aquí. Es un lugar muy bonito".

"Es un placer. Te lo mereces".

Creo que se sonrojó. Esta mujer podría ser demasiado buena para ser verdad.

"¿Cómo estuvo tu día hoy? ¿Atrapaste a algún delincuente?".

"Por suerte, aquí no hay tanta delincuencia como en Jersey. Pero hoy pasé, o debería decir desperdicié, la mayor parte del día en el tribunal".

"¿Qué ha pasado?".

"Se suponía que tenía que testificar en una red de robo de coches de alta gama que desarticulamos, pero el juez aplazó el juicio".

"Entonces, ¿se libraron?".

"No, no. Un aplazamiento es como un tiempo muerto. Los abogados defensores presentaron una serie de mociones, todas ellas infundadas en mi opinión, impidiéndome subir al estrado. Fue solo otra pérdida de tiempo en un sistema empantanado por demasiadas maniobras legales".

"Lo siento. Debe ser frustrante".

¿Lo entendió? ¿Qué había hecho yo para merecer esto?

Asentí. "A veces, pero bueno, ¿qué has hecho hoy?".

Empezó a contarme que había ido a una playa del centro para ver cómo se sentía el Viejo Naples cuando la sensación punzante en mis entrañas empezó de nuevo. Me excusé para ir al baño de hombres, sintiendo que iba a mojar mis calzones.

Al cruzar la puerta, me sentí mareado y tropecé con un chico que ayudaba a un niño a lavarse en el lavabo. Me acerqué al urinario con miedo de mirar hacia abajo, y cuando lo hice era un mar de rojo.

"¡Mierda!".

"Eh, amigo, tranquilo con el lenguaje".

"Yo, yo...".

La habitación empezó a dar vueltas y se me doblaron las rodillas.

LUCA

Recuperé el conocimiento en la sala de urgencias del NCH y no sabía qué era peor, si la punzada en las tripas o el fuerte dolor de cabeza que me nublaba la vista. Un bosque de postes sujetaba bolsas que iban a parar a cada uno de mis brazos. Mientras luchaba por recordar lo sucedido, un par de batas blancas entraron en el cubículo que yo llamaba hogar.

"Señor Luca, soy el doctor Mancino, y ella es la enfermera Mary".

Asentí con la cabeza. "¿Qué me ha pasado?".

"Tiene una hemorragia interna. La pérdida de sangre hizo que su recuento de hemoglobina bajara, lo que le hizo perder el conocimiento".

"¿Sangrado?".

"Descubrimos un par de tumores en su vejiga que están produciendo hemorragias".

Oh, no, ¿tumores? Por favor, no me digas que es cáncer.

"Le estamos administrando un medicamento para detener la hemorragia, pero tendremos que hacerle más pruebas y una biopsia".

Me oí preguntar: "¿Tengo cáncer?".

"Vamos a hacer una evaluación completa antes de hacer cualquier pronóstico".

"Sé que es pronto, pero basándose en su experiencia, doctor, ¿qué opina?".

"Es probable que sea cáncer, pero incluso si lo es, parece que no ha traspasado la pared de la vejiga. Así que no se preocupe demasiado en este momento".

"¿Que no me preocupe? Me dice que tengo cáncer y estoy orinando sangre, por el amor de Dios".

"Lo entiendo, señor Luca. Es natural que se alarme, pero la medicina que está recibiendo controlará la hemorragia. Ahora, antes de irnos, ¿tiene alguna otra pregunta?".

En lugar de preguntar ¿cuánto tiempo tengo? dije: "Me duele mucho la cabeza".

"Seguro que sí. Al parecer se golpeó la cabeza cuando perdió el conocimiento. No es nada grave. Se disipará en un día más o menos. Le ordenaré un suero con una dosis de Tylenol que le ayudará".

Por la mañana, un oncólogo llamado Murray vino a verme justo antes de que me llevaran en camilla a un quirófano. Iban a hacerme una biopsia para obtener más información sobre mis tumores. Me dio mucho miedo, pero el doctor Murray me aseguró que los escáneres mostraban que los tumores podían extirparse mediante cirugía. Dijo que estaría como nuevo en un par de meses.

Antes de que me dieran el alta, me puse a pensar que, aparte del dolor de cabeza, que había mejorado un poco, el dolor en el abdomen había desaparecido, pero el mero hecho de estar allí tumbado me enfadaba. ¿Cómo coño había pasado esto? Acababa de cumplir cuarenta años y era demasiado joven para esto.

En un rato iban a empezar la primera intervención, luego me operarían y quién sabe qué después. Las cosas habían ido demasiado bien, ahora parecía que me había mudado al paraíso demasiado tarde. Saber que ahora tendría que pasar por un infierno no me sentaba bien. Estaba asustado y esperaba como loco que Murray tuviera razón cuando dijo que estaría bien.

MI COMPAÑERA Vargas se había enterado de lo sucedido y me llamó por segunda vez desde alguna isla del Caribe. Después de colgar, un par de tipos de la comisaría vinieron a verme. Todavía bajo los efectos de la anestesia, cabeceaba mientras ellos se quedaban en la habitación. Como no estaba de humor para ninguna maldita compañía, no intenté mantenerlo en secreto. Me quedé dormido y, cuando desperté, ya se habían ido. Dirigí mi atención al televisor como si fuera una obra de Miguel Ángel.

Aunque estaba atontado, antes de que entraran en mi habitación, percibí la aparición del doctor Murray con otra bata blanca, lo cual no era buena señal.

"¿Cómo se encuentra, señor Luca?".

"Supongo que lo mejor posible, teniendo en cuenta mi situación. ¿Cómo ha ido todo?".

Los médicos intercambiaron miradas y Murray dijo: "Este es el doctor Lino. Es cirujano de reconstrucción".

Asentí despacio, pronuncié la palabra reconstrucción.

El doctor Lino dijo: "Señor Luca, las cosas son más complicadas de lo que se pensaba en un principio. Aunque la biopsia evidenciaba una forma de cáncer no especialmente agresiva, los escáneres adicionales que hemos realizado muestran indicios de que los tumores han traspasado la pared de la vejiga".

Miré al doctor Murray, que había apretado los labios.

"¿Qué significa todo esto, doctor?".

El doctor Murray dijo: "Teniendo en cuenta la brecha, debemos ser súper cautelosos para asegurarnos de que el cáncer no se extienda. Me temo que tendremos que extirparle la vejiga".

¿Podría sobrevivir sin vejiga? Supongo que sí, si hablan de extirparla. ¿Cómo mearía? Mi mente estaba a las carreras.

"¿Señor Luca?".

"Lo siento, no puedo procesar todo esto".

"Sabemos que es mucho en qué pensar. Es completamente normal".

"¿Qué va a pasarme? ¿Sobreviviré?".

"Sí, sí. Mientras el cáncer no se haya extendido, y no hay absolutamente ninguna prueba para creer que lo haya hecho, estará bien".

Me lo dijo el mismo tipo que había dicho que el cáncer no había traspasado la pared, así que lo que me dijo no me sirvió de consuelo.

"Dijo que tendría que sacarme la vejiga. ¿No necesito una? ¿Cómo voy a vivir sin vejiga?".

"Bueno, hay un par de opciones". Murray se volvió hacia Lino.

"En el mejor de los casos, podríamos fabricarle una vejiga de facto a partir de su intestino grueso. Seccionaríamos un trozo y redirigiríamos el tracto urinario".

Eso sonó como que sería bastante normal.

"¿Cuál es el inconveniente, doctor?".

"No mucho, siempre que podamos hacerlo. Lo único es que perderá las terminaciones nerviosas que le avisan que tiene que hacer sus necesidades. En otras palabras, no experimentará la necesidad de ir".

"¿Quiere decir que tendré que usar un maldito pañal?".

"No, no. Le recomendamos que haga sus necesidades cada dos horas más o menos".

Exhalé. "Vale, de acuerdo. Puedo hacerlo".

"Otra cosa es que tendrá que sentarse en la taza y forzar la salida de la orina".

Así que tengo que sentarme como una chica, de acuerdo,

puedo soportarlo, aún así es mucho mejor que usar pañales para adultos.

"Por supuesto, no hay garantía de que seamos capaces de construir una vejiga. Si no somos capaces de hacerlo, las otras opciones son construir un depósito interno que tendría que bombear".

"¿Qué? ¿Cómo sacaría la orina?".

"Tendría una abertura. Estaría tapada, e insertaría un tubo para extraer los fluidos".

Sacudí la cabeza. "Eso es una locura".

"Otra posibilidad sería que un recipiente externo recogiera la orina y usted expulsara su contenido".

¿Una bolsa de pis colgando de mí? Eso quedaría muy bien con las mujeres. Estaba acabado. La idea de volver a casarme y tener un hijo tendría que ser olvidada. Los médicos seguían hablando y yo seguía hundiéndome. Les oí despedirse y me quedé pensando si me había metido en una interminable rutina de visitas al médico.

STEWART

"Todos nuestros sueños pueden hacerse realidad, si tenemos el valor de perseguirlos" — Walt Disney

Subí el volumen de la radio y grité: "Oh, podemos ganarles. Entonces podremos ser héroes, aunque solo sea por un día. Podemos ser héroes". Me encantaba cantar esta canción de Bowie. Es mi canción favorita de todos los tiempos. Lo dice todo. Me hizo sentir bien escucharla mientras conducía por la 75.

Luca no me ladraba desde hacía unos días. Debió haber escarbado en el asunto con Robin y no había encontrado nada con lo que pudiera correr. Aunque me dejaba en paz, no podía evitar la sensación de que iba a aparecer con alguna estupidez estilo Colombo.

El tráfico en la 75 era denso y lento. Estaba harto de conducir a North Fort Myers todos los días. Lo peor es que era para ir a un trabajo que odiaba. De ninguna manera iba a hacer esto mucho más tiempo. La vida es demasiado corta, y pronto tendría cuarenta, y luego cincuenta, y bueno, ¿quién sabe qué pasará? La vida se mueve a la velocidad de la luz y se acabará antes de que te des cuenta. ¿Por qué la mayoría de la gente sigue adelante como zombis? Yo no, cambiaría una hora al sol por diez años en un lugar deprimente.

Quizá Robin estuviera dispuesta a pasar unas buenas vacaciones cuando las cosas se calmaran y volviéramos a conectar. Éramos iguales; ella se sacudiría esta pesadilla y se daría cuenta de que tendría que seguir adelante. Siempre decíamos que la única forma de vivir era disfrutar cuando y donde se pudiera. Las cosas cambian en un abrir y cerrar de ojos; ahora ella lo sabía mejor que nadie. Yo apostaba a que pronto entraría en razón.

A Robin le gustaba gastar dinero, no malgastarlo, sino disfrutarlo. Le gustaba decir: ahorra algo, pero no te prives de lo que quieres ahora, ya que ni siquiera sabes si estarás aquí más tarde. Era una gran cita, y tenía razón. Toda la razón. No me cabe duda de que es mucho mejor vivir un par de años estupendos que treinta miserables años rascando el suelo. Ya me preocuparé del futuro cuando llegue, si es que llega.

Un policía estatal se acercó volando por el medio. Ya eran más de las nueve y llegaba tarde otra vez. Tendría que pillar más idioteces de Greely.

Tomé mi teléfono y pulsé el número de Robin.

"Hola, Robin. ¿Cómo te va?".

"Bien. ¿Qué pasa?".

"Nada, todo bien. Solo quería ver cómo estabas, voy de camino al trabajo".

"Oh, gracias".

Pregunté: "¿Qué haces hoy?".

"No lo sé. Pensaba dar una vuelta por la oficina".

Esa es mi chica, pensé, pero le dije: "¿Seguro? Es una buena idea y todo eso, pero".

"No puedo quedarme más por aquí. Es demasiado deprimente".

"Mejorará con el tiempo. Ya lo verás".

"No lo sé, Dom. No sé nada de nada".

"Tienes que tomarte tu tiempo. Todo se arreglará. La vida avanza, como una escalera mecánica, estés o no en ella". Me encogí, escalera mecánica, ¿realmente dije eso?

"No sé qué voy a hacer sin él".

"Es duro, lo sé, pero no pierdas la esperanza".

"Gracias, pero sigo pensando que es inútil esperar que aparezca".

"Nunca se sabe. Ha habido muchos casos extraños, y éste podría ser uno de ellos".

"Espero que tengas razón".

"Mira, por qué no vas a la oficina. Mantendrá tu mente ocupada".

"Tienes razón. Creo que lo haré. Que tengas un buen día".

"Oh, Robin, ¿sabes algo de ese detective, Luca?".

"No desde hace unos días. Creo que eso es lo que me ha deprimido".

Y a mí levantado, pensé.

"Seguro que están en el caso".

"No sé, estoy perdiendo la fe en ellos".

"Solo estás deprimida. Necesitas alejarte por un tiempo. Tomarte un descanso".

"No sé nada de eso".

"Será bueno para ti. Tal vez podríamos ir juntos".

"No suena bien".

Yo seguía en la 75 pero dije: "Piénsalo. Oye, mira, lo siento, pero acabo de llegar a la oficina. Hablamos luego".

LUCA

Hoy era el día. Aunque me dieron tiempo para pensarlo, quería que el cáncer saliera de mí antes de que se extendiera. Habían pasado solo cinco días desde mi colapso y la operación estaba programada para hoy.

Hacia el mediodía me iban a bajar al quirófano. El pecho empezó a oprimírseme mientras daba vueltas a la idea de pedir una segunda opinión. Los médicos parecían saber lo que hacían y me dijeron que habían realizado esta intervención casi cien veces. Para mí, eso era un montón de experiencia. Entonces pensé: No sabía si se hacían aquí, en el NCH. Debería haber preguntado. ¿No debería? Si alguien del hospital metía la pata podía ser mi fin.

Era difícil no sentirse tonto. Siempre había pontificado que teníamos que sentirnos cómodos con nuestra propia mortalidad y que nuestra cultura vivía en la negación, pero desde mi diagnóstico no había dormido sin narcóticos. No podía evitarlo. Era irracional y contrario a mi forma de vivir. A la gente siempre le gustaba hablar de lo que le había pasado a otra persona, pero yo sabía que no era cuestión de si te iba a pasar algo, sino de cuándo.

Era la afirmación más cierta jamás expresada, pero ahora, ante la parte del cuándo, no podía dejar de sentir que me habían robado a ciegas. Seguí revolcándome en mi pena durante otros diez minutos hasta que una enfermera muy mona me sacó de mis cavilaciones. Cuando se marchó, me convencí de que todo saldría bien.

La puerta se abrió y apareció mi pareja con un globo en forma de osito en la mano. Un escalofrío me recorrió el cuello. ¿Qué hacía ella aquí? Vargas no volvería hasta dentro de dos días. Oh no, si había vuelto antes, debía saber algo.

"Vargas, ¿has vuelto de vacaciones?".

"Hola, Frankie. ¿Cómo te sientes?".

"Bien".

"¿Seguro?".

"Sí. ¿Por qué, no me veo bien?".

"Veo que tu vanidad está intacta". Puso el globo en la mesita de noche.

"Muy gracioso".

"En serio, Frank, ¿qué pasa? Estoy muy preocupada por ti".

Exhalé. "Cáncer de vejiga".

El color se drenó de la cara de Vargas, y puso su mano en la mesita de noche. "Dios mío".

"No te vuelvas loca. Sobreviviré".

"¿Pero cómo? Quiero decir, ¿solo así?".

"¿Quién sabe? Tuve un poco de sangre en la orina el último par de días y algo de dolor en el abdomen, pero eso fue todo".

"Recuerdo que dijiste que te dolía el estómago hace semanas. Te dije al menos cinco veces que fueras al médico".

"No habría cambiado nada, mamá".

"¿Qué te van a hacer? ¿Quimio?".

Negué con la cabeza. "Cirugía. En un par de horas".

Vargas se apoyó en la cama. "¿Hoy?".

Realmente le importaba. Se me cerraba la garganta y lo único que pude hacer fue asentir.

"¿Qué dicen los médicos?".

"Van a extirpar los tumores y parte de la vejiga, pero tendrán que ver cuando entren".

"Lo siento mucho, Frank". Vargas me dio unas palmaditas en la mano.

Tragué saliva. "No te preocupes, me pondré bien".

"Estoy orando por ti, Frank. He rezado al menos cien Ave Marías en el vuelo de vuelta".

Era tan sincera que casi empiezo a llorar. Le di las gracias a duras penas.

"Después de la operación, ¿cuál es el tiempo de recuperación?".

"No me lo dijeron". Y nunca pregunté. "Pero un par de meses, supongo, hasta que vuelva a torturarte".

Sonrió. "No puedo esperar".

"¿Qué pasa en el trabajo?".

"No mucho, lo mismo de siempre".

"¿Algo sobre el caso Gabelli?".

"Vamos, Frank, tienes que concentrarte en cuidar de ti mismo".

"Sabes, hay algo en ese tipo Stewart que no me gusta".

"Pero son grandes amigos".

"Vaya amigo, Stewart estuvo en la cama con la esposa de su amigo".

"Eso fue hace un par de años. Gabelli tiene un historial de desaparecer. Tal vez esta vez simplemente no va a volver".

"¿Qué averiguaste sobre su corredor de apuestas?".

"No pude acercarme a Tommy Serra. Estoy esperando a un contacto para entrar".

"Ten cuidado con esos tipos. ¿Sabes por qué le llaman Tommy Thumbs?".

Vargas negó con la cabeza. "No".

"Cuando Tommy estaba ascendiendo, era un ejecutor de los

Bigiottis, y cuando alguien no pagaba, le rompía los pulgares con un martillo".

"Bonito, muy bonito. ¿Crees que el tipo es de los que liquidan a un deudor?".

"No lo veo. No tiene sentido matar a alguien que te debe. Así nunca cobrarías. Pero nunca se sabe, algo podría haberse ido de las manos".

"O necesitaban dar un escarmiento a alguien".

"Ahora estás pensando, Vargas. Esas vacaciones te sentaron bien. Oye, si tienes oportunidad, echa un vistazo a donde trabaja Stewart. Nunca se sabe lo que aprenderemos".

Un par de enfermeras entraron para prepararme para la operación y Vargas me puso un rosario en la mano. Intenté valientemente apartar las lágrimas mientras se despedía.

STEWART

"Unos hacen que ocurra, otros ven cómo ocurre y otros dicen: '¿Qué ha pasado?'" — *Anónimo*

Sonó mi móvil. Era ella. Encantador.
"¿Qué pasa, cariño?".
Robin dijo: "Llamé al detective Luca, pero está de baja por enfermedad".
Levanté el puño. "Oh. Me pregunto qué le habrá pasado".
"Ahora nadie va a estar buscando a Phil".
Ya estamos otra vez. A veces puede ser tan dramática. "Estoy segura de que trabajan en equipo. No entres en pánico, Robin".
"¡No estoy entrando en pánico, Dom! Cada día que Phil no está es más probable que nunca regrese. Puedo sentirlo, que algo le pasó, y no parece importarte".
"Por supuesto que me importa. Era mi mejor amigo".
"Bueno, no estás haciendo mucho para ayudarlo".
"Eso no es justo, Robin. Mira, sé que no se ve bien, pero

nunca se sabe. Podría estar secuestrado o algo así por algún lunático".

"Algo malo le ha pasado. Tuve un sueño muy malo anoche".

Así que era eso, un sueño la inquietaba. La tranquilicé y le dije que me pondría en contacto con la policía para averiguar quién se hacía cargo del caso de Luca.

Mi llamada para Luca fue conectada con una mujer llamada Mary Ann Vargas. Sonaba bien por teléfono. Me pregunté qué aspecto tendría.

"Estaba buscando al detective Luca".

"Está de permiso. Soy su pareja. ¿Qué puedo hacer por usted?".

"Oh, espero que esté bien".

"Estará bien".

"Bien, verá, se estaba encargando de un caso de persona desaparecida y nos preguntamos qué está pasando con él".

"¿Quién es la persona en cuestión?".

"¿Tienen más de uno?".

"¿Nombre?".

Era otro montón de diversión.

"Gabelli, Phil Gabelli. ¿Sabes algo de él?".

"Por supuesto. Como dije, soy la pareja del detective Luca".

"Pero nunca oímos hablar de ti".

"¿En qué puedo ayudarle?".

"¿Sabes lo que está pasando?".

"Tengo el archivo del caso. ¿Puedo preguntar por qué está haciendo el seguimiento usted en lugar de la señora Gabelli?".

"Robin dijo que llamó pero no pudo obtener ninguna información".

"No hay nada que informar".

"Oh. ¿Nadie está buscando a Phil?".

"Esta es una investigación activa y estamos siguiendo un par de pistas".

¿Pistas? ¿Qué quería decir con eso? "Oh, ¿hay algo entre manos?".

"No estoy en libertad de hablar del caso, pero puede asegurarle a la señora Gabelli que seguimos determinando el paradero de su marido".

"Así que cree que se ha largado a algún sitio".

"Yo no he dicho eso".

"No exactamente, pero dijiste el paradero, y eso como que significa...".

"Lo siento, pero tengo que irme. Puede decirle a la señora Gabelli que estaremos en contacto a medida que las cosas se desarrollen".

¿Desarrollar? Sonaba como si tuvieran algo. La pregunta era qué.

Le di las gracias y me despedí. Luego pensé las cosas por un minuto antes de enviarle un mensaje a Robin.

LUCA

Me desperté en recuperación sintiéndome como si un luchador de sumo hubiera utilizado mi sección media como trampolín. Tenía la boca seca. Había un montón de tubos clavados en mí, dándome un susto de muerte. ¿Por qué tantos tubos? No me habían hablado de ellos. ¿Algo salió mal?

Lo peor era la manguera que tenía en la nariz; me irritaba muchísimo. Estaba aturdido y quería arrancármela, pero apenas podía levantar el brazo.

El corazón se me aceleró. Esto era mucho peor de lo que esperaba. Me pareció que los médicos no podían hacerme una vejiga. Cuando me abrieron, probablemente vieron que el cáncer se había extendido. Por todas partes. Maldita sea, Luca, cualquier suerte que tuvieras se esfumó. Estaba perdido. No tenía sentido luchar contra el sopor, así que me dejé llevar.

Un carraspeo me despertó. El doctor Murray vino a verme, pero parecía estar solo. Intenté ver si había alguien detrás de él. Nadie. El doctor Lino no estaba a la vista. Mis peores temores estaban a punto de confirmarse.

"¿Cómo se siente, señor Luca?".

"Como si me hubieran atropellado".

"Ha pasado por mucho, pero estoy seguro de que volverá a la normalidad rápidamente".

"Si llama normal a vivir con una bolsa de pis colgando".

Murray se quedó parado un segundo antes de balbucear: "Yo, yo...".

"Está bien, doctor, sé que no pudo hacer una vejiga".

"No, no, lo hicimos".

"¿Qué? ¿Dónde está el doctor Lino?".

"Lo llamaron para una cirugía de emergencia".

"Entonces, ¿él, usted, pudieron hacerme una vejiga nueva?".

Murray sonrió. "Sí, fue difícil pero exitoso".

"Yo, cuando no vi al doctor Lino, me imaginé...".

"Oh, ahora lo entiendo".

Empezó a reírse, y yo me uní, pero mi barriga empezó a ladrar. Murray me contó lo que habían hecho. Dijo estar seguro de que habían extirpado todo el cáncer y que no se había extendido a los ganglios linfáticos ni a ninguna parte. Si hubiera podido levantarme, le habría dado un beso. Se fue diciendo que volvería con Lino en cuanto me sacaran de recuperación.

A LA MAÑANA SIGUIENTE, ya me habían levantado y andaba por los pasillos, aunque estaba conectado a un surtido de bolsas y cables. Fue lento y doloroso. Empecé a sentirme un poco mejor después del desayuno y realmente mejoré cuando me quitaron el catéter a última hora de la tarde.

Vargas apareció después de la cena con una tarjeta y una orquídea blanca.

"¿Cómo te encuentras, Frankie?".

"Mejor de lo que esperaba. Eso seguro".

"Eso es maravilloso. Estaba preocupada por ti, compañero". Tomó asiento en una silla de plástico azul.

"Te dije que todo iría bien".

"Lo sé, pero el otro día me asustaste. No eras tú mismo".

"¿De qué estás hablando?".

"Vamos, Luca, no somos compañeros desde hace años, pero nos conocemos. ¿No?".

"Sí, supongo que tienes razón. Estaba nervioso".

"Eso es perfectamente normal. Entonces, ¿qué dicen los médicos?".

"Están bastante seguros de que lo tienen todo". Ella no necesitaba saber sobre mi nueva vejiga.

"Gracias a Dios, gracias a Dios. Ya ves, orar funciona".

"Me harás un creyente, Vargas".

"Eres mi proyecto favorito, Frank. Si logro convencerte, las puertas del cielo se abrirán de par en par para mí".

"Muy gracioso. Oye, ¿qué pasó con Tommy Thumbs?".

"Esta es una visita social, Frank".

"Oh, vamos, estoy aquí una semana, y ya estoy fuera de mí".

"Llamémoslo interesante".

"No juegues conmigo, Vargas. ¿Qué está pasando?".

"Como dije, es una visita social, y necesitas descansar. Hablaremos, tal vez mañana".

Antes de que pudiera protestar, Vargas se dirigió a la puerta. La abrió de un tirón y se dio la vuelta.

"Casi se me olvida decírtelo". Sonreía de oreja a oreja.

"¿Qué? Escúpelo".

"Una joven agradable, bueno, parecía joven, te llamó".

¿Podría haber sido Kayla? "¿Quién era?".

"Dijo que su nombre era Kayla. Estaba preocupada por ti. Dijo que estaba contigo cuando caíste en picada".

Kayla. Tenía que admitir que había pensado en ella un par de veces, pero con las cosas médicas moviéndose a la velocidad de un asteroide y la naturaleza de mi problema, no parecía un buen momento para charlar. Ahora, parecía estar en el claro y quería, casi necesitaba, hablar con ella.

Vargas se fue y un minuto después entró una enfermera.

"¿Cómo estás, Frank?".

"Bastante bien. ¿Sabes dónde está mi teléfono?".

"Eh, no. Lo veré en recepción en cuanto acabemos aquí".

"¿Qué vas a hacer? ¿Sacar sangre otra vez?".

Ella negó con la cabeza. "Tienes que hacer tus necesidades".

"No siento que tenga que ir".

"Lo sé. Eso es porque ya no tienes el sistema nervioso que te indica que es hora de ir".

"Ah, sí. Me había olvidado de eso".

La enfermera me ayudó a levantarme y me acompañó hasta el cuarto de baño. Le di la espalda en la taza y me dijo: "Tendrás que sentarte, Frank".

Negué con la cabeza.

Ella se echó hacia atrás y dijo: "Intenta empujar".

No sentí que tuviera que hacerlo. No salía nada, aunque empujaba.

"No puedo. No sale nada".

"Ayuda levantar las rodillas. Intenta ponerte de puntillas. También frotarte o hacerte cosquillas en el abdomen. Pero ten cuidado con la herida".

Hice lo que me dijo y después de unos cinco minutos de contar los azulejos amarillos de la pared, por fin salió un hilillo de pis. Genial, estaba meando en código morse.

"Bien, Frank. Ahora, cuando termines, trata de ver si puedes sentir la diferencia en tu abdomen. Sé que todo está dolorido ahí abajo, pero muchos pacientes aprenden a detectar un poco de presión cuando realmente tienen que ir. Será algo en lo que concentrarse".

"Vale, lo intentaré".

Quería que caminara por los pasillos antes de volver a la cama. No tenía elección; mi llamada tendría que esperar.

Volvimos a entrar después de dar dos vueltas a la planta. Fue agotador. La enfermera sacó mi teléfono del casillero de la habitación y, por supuesto, había que cargarlo. Yo no tenía cargador. La enfermera dijo que me conseguiría uno y se fue.

Volvió con un cable colgando de la mano y una sonrisa de oreja a oreja.

"Aquí tienes".

Tomé el cargador y lo dejé sobre la mesilla.

"¿Qué te pasa? Creía que querías hacer una llamada".

"Cambié de opinión". El hecho era que me di cuenta de que no tenía el número de Kayla. Intenté recordar su apellido, pero estaba tan agotado que me quedé dormido.

STEWART

"No esperes. Nunca será el momento adecuado" — *Napoleón Hill*

¿Qué es lo que quieres? Phil no va a volver, así que sigue adelante. No podía entender por qué Robin se aferraba a su antigua vida. Eso era historia. ¿Estaba mintiendo cuando siempre decía que había que seguir adelante?

Estaba ansioso. ¿Podría ser que estuviera presionando las cosas demasiado rápido? Habían estado casados diez años. Supongo que es mucho tiempo. Pero Philly no era un marido devoto. Tal vez solo estaba dando un espectáculo para todos, actuando como la mayoría de la gente lo hace. Lo que se espera que haga. Toda la tontería del luto mientras las semanas y los meses pasan volando. Tontos, eso es lo que son. ¿Quién quiere perder años de su vida encerrado, jugando al pobre de mí?

Todos los médicos dicen que hay que darle tiempo. El tiempo cura todas las heridas, bla, bla, bla. Mientras tanto, a medida que el reloj avanza, tu vida se escapa. Eso es una estupidez. Si al final te vas a recuperar, ¿por qué no forzar el rebote antes?

Dureza mental. Saca la emoción. Eso es lo que hace falta. Saber cuál es el plan y acallar el resto de la basura.

Ojalá me hubiera dado cuenta hace años. Pero mirar atrás no ayuda a nadie. Robin tiene que concentrarse en el hoy y tal vez en el mañana. No puede seguir perdiendo su tiempo. Ni el mío.

Tenía que encontrar una manera de despertarla. Necesitado de refuerzo, me levanté para tomar el nuevo libro de citas inspiradoras que había comprado, y entonces recordé que se acercaba el cumpleaños de Robin.

Tendría que hacer algo bonito por ella. Algo diferente. Ir a un lugar nuevo sin recuerdos de Phil. Tal vez el nuevo lugar en el agua en Marco. No puedo recordar si había estado allí. La comida está un poco mejor que bien, pero el entorno es bastante agradable. Un par de cócteles con una puesta de sol y estaría tan relajada como algo líquido. Tengo que preguntarle si había estado allí sin ponerla sobre aviso.

Me senté en la terraza con el libro y lo abrí en una página cualquiera. Irreal, una de mis citas favoritas:

"Todos los hombres sueñan: pero no por igual. Los que sueñan de noche en los polvorientos recovecos de sus mentes, despiertan de día para descubrir que era vanidad: pero los soñadores de día son hombres peligrosos, porque pueden actuar sobre su sueño con los ojos abiertos, para hacerlo posible".

Este tipo, T. E. Lawrence era un genio.

¿QUÉ CARAJO? No podía creerme que una mujer detective hubiera venido a la oficina preguntando por mí. Debía ser la compañera de Luca, esa detective Vargas. ¿Ahora tengo que escuchar las estupideces de Greely al respecto? Quizá debería dejarlo, mandarles a la porra.

Nadie más que Tony dijo nada, pero por la forma en que todos me miraban, me di cuenta de que la policía había llegado. Me dieron ganas de pegarle un puñetazo en la cara a la zorra de la recepcionista cuando me dijo que el señor Greely quería verme. Su voz destilaba desprecio, como si yo fuera un matón callejero. Nunca le caí bien a esa vieja.

¿Quiénes se creen que son esos policías? ¿No deberían haberme dicho que venían? ¿No les importa un comino si joden el trabajo de alguien? Me importa un bledo el trabajo, pero cuando me vaya, lo haré a mi manera.

¿Qué podía decir Greely a la policía? No tenía nada de qué hablar. ¿Qué? Llego tarde de vez en cuando. Cometo un par de errores aquí y allá. La policía está perdiendo el tiempo, ¿y sabes qué? Eso es algo bueno en lo que a mí respecta. Que se persigan la cola investigando mi trabajo. No encontrarán nada allí.

LUCA

Se desató un chaparrón de sol de agosto y entré trotando, no, flotando, en la comisaría. Me sentía tan feliz de estar aquí como en mi primer día como agente de policía de Middletown, Nueva Jersey.

Entré por la puerta y no podía creer lo que veían mis ojos: todo el mundo estaba de pie y aplaudiendo. Esta gente y la mayoría de las personas con las que me había cruzado en el suroeste de Florida eran siempre muy amables. ¿Pero recibir una ovación por estar en el hospital?

Estreché algunas manos y les di las gracias a todos mientras llegaba a mi pequeña propiedad. Me resultaba incómodo, pero me alegraba volver a mi despacho después de casi tres meses fuera.

Vargas estaba detrás de su escritorio, con tan buen aspecto como siempre. Tenía una sonrisa tan amplia como el Golfo de México.

"Es bueno tenerte de vuelta, Frankie".

"¿Pero no lo suficiente como para una ovación de pie como todos los demás?".

Me tiró una bola de papel.

"¿Hacen esto cada vez que alguien se enferma por aquí?".

"No solo te enfermaste, payaso, tuviste cáncer y lo venciste".

Todavía odiaba oír la palabra con C. "Eso ya lo veremos".

"No te pongas pesimista conmigo, Luca. Mi horóscopo dice que va a ser un día sorprendentemente optimista".

Le hice un gesto con la mano y le pregunté: "¿Qué tal si me pones al día de nuestros casos?".

Vargas me puso al corriente sobre cuatro casos de drogas, dos atracos a mano armada y una agresión, antes de llegar al caso Gabelli. Era prácticamente el único caso en el que había estado pensando mientras me recuperaba.

Le pregunté: "¿Qué has averiguado sobre el corredor de apuestas, Tommy Thumbs?".

Cogió un expediente y lo abrió.

"Era muy reservado, pero no cabe duda de que Gabelli estaba muy metido con él".

"¿Hasta qué punto?".

Hizo una mueca. "No quiso decirlo con exactitud, pero dijo que era mucho y que le preocupaba la deuda, pero no le inquietaba".

"¿Preocupado pero no inquieto? ¿Gabelli se retrasa a menudo?".

Vargas asintió. "Tommy dijo que hubo un puñado de veces que Gabelli tuvo una racha de mala suerte".

"¿Tenemos algún marco de tiempo?".

"Dijo que no llevaba registros, pero dijo que fue en los últimos dos años más o menos. Dijo que lamentaba perder a un cliente tan bueno".

"¿Cuál fue tu sensación de él?".

"Es espeluznante. No me gustó que supiera que Gabelli había desaparecido. Cuando le presioné, dijo que Gabelli le debía dinero y fue a cobrar".

"Tiene sentido. No se puede cobrar a un hombre muerto".

"¿Por qué estás tan interesado en lo que Tommy Thumbs tenía que decir?".

"Me da una mejor idea de lo que está pasando. Si Gabelli estaba metido con Thumbs, lo más probable es que estuviera metido con otro corredor o dos. Además, estos tipos juegan duro para cobrar, y a veces las cosas se les van de las manos, y alguien acaba muerto".

"Podría demostrar que Gabelli estaba desesperado si le debía a un par...".

"Bingo, Vargas, estás aprendiendo".

"Y los hombres desesperados hacen cosas desesperadas".

Me devolvió una de mis frases favoritas. Me pareció que sonaba muy bien.

"¿Y ahora qué? ¿Cómo quieres seguir con esto?".

Le dije: "¿Por qué no vas a ver a Stewart? Pregúntale otra vez por qué nunca dijo nada sobre que su amigo Phil apostara. Él puede estar ocultando algo, y voy a ver a la señora y pasar por la oficina de Gabelli".

LA CASA de Gabelli tenía un aspecto costero contemporáneo. Era de color blanco apagado con contraventanas estilo Bahama oscuras y tenía puertas de garaje de aspecto moderno con ventanas opacas. Todo tenía líneas rectas y una elegancia sencilla. Cuando empecé a ver el nuevo estilo me pareció demasiado moderno, pero enseguida me di cuenta de que éste era muy bonito. Me gustó la colocación de los adoquines en espiga. Me imaginé que la casa valía un mínimo de dos y medio a tres millones cuando toqué el timbre.

No sabía qué esperar, pero la sonrisa brillante y el cálido apretón de manos de Robin me desconcertaron.

"¿Cómo está usted? He oído que le han operado".

"Estoy como nuevo".

"Me alegro de oírlo. Estaba preocupada por usted".

¿Por mí? Ella estaba preocupada por mí. "Como dije, tengo un par de preguntas para usted".

"Claro, pase".

Llevaba un vestido rojo de seda. ¿Se lo había puesto solo para mi visita? El vestido la abrazaba, delineando un cuerpo digno de cualquier revista masculina. No hay una línea recta en ninguna parte, pensé, mientras Robin me mostraba una sala familiar de dos pisos.

"¿Le traigo algo de beber, detective?".

Tomé asiento en un sillón azul claro. "Estoy bien, pero gracias de todos modos".

Se alisó el vestido en la espalda y se sentó en una silla club giratoria con ribetes negros.

Robin sonrió: "Me alegro de que se encuentre mejor, Frank".

Pasó de detective a Frank en un nanosegundo.

"Gracias". Me moví en mi silla. "Tengo entendido que el señor Stewart y usted tuvieron una aventura. ¿Qué puede decirme sobre eso?".

Se cruzó de brazos. "No hay mucho que decir. Fue algo de lo que me arrepiento, y se acabó en un santiamén".

"¿La aventura no duró mucho?".

"No, no duró, y yo no lo llamaría una aventura; fue algo de una sola vez".

"¿Su marido lo sabía?".

"¿Está loco? Eso mataría a Phil si lo supiera".

"Cuando terminó este, digamos, interludio, ¿volvieron las cosas a la normalidad?".

Ella sonrió. "No hay daño, no hay falta".

No había un árbitro a la vista. "Esa es una manera inusual de decirlo".

"Mire, fue estúpido por mi parte. No debería haberlo hecho,

pero estaba enfadada con él y las cosas se descontrolaron, ¿me entiende?". Cruzó una pierna, mostrando un muslo por el que Frank Perdue mataría.

Habiendo tenido mi ración de encuentros, ciertamente sabía cómo podían ir las cosas en espiral, pero dije: "¿Se refiere a las aventuras que tuvo su marido?".

"No era eso, o tal vez algo de eso, supongo. Pero Phil viajaba como loco. Nunca estaba en casa, y Dom, bueno Dom estaba allí, y salíamos mucho. Me sentía sola".

Giró hacia la izquierda, mostrando un poco más de la fina porcelana antes de volver a girar. El mohín de su cara y su comportamiento eran lo más alejado del tipo A que era. Se me pasó por la cabeza que podría estar jugando conmigo.

"¿Terminar fue una decisión de los dos?".

Frunció el ceño, mostrando la primera arruga que había visto en ella.

"La verdad es que no".

"¿Supongo que el señor Stewart quería que las cosas continuaran?".

Ella asintió. "Sin duda. No dejaba de insistir para que le diera otra oportunidad".

"¿Insistir?".

Ella descruzó las piernas y se inclinó hacia adelante. "Mire, le dejé perfectamente claro que era cosa de una sola vez. Le dije que se había acabado y punto".

Me alegré de que resurgiera el tipo A. Por mucho que lo intentara, no confiaba en mí mismo para resistirme a ella si se presentaba la oportunidad.

"¿Y el señor Stewart se alejó?".

"En su mayor parte".

"¿Le importaría explicarse?".

"Es solo que siempre hay algo ahí, ¿sabe lo que quiero decir?".

Vaya que sí. Evité la pregunta. Dije: "Lo dice como si tuviera experiencia en el área".

¿Acaba de pestañear? Volvió a cruzar las piernas y dijo: "No soy un ángel, pero quiero a mi marido y no me ando con rodeos".

Sí, claro. Esto fue interesante y divertido. Me alegré de estar de vuelta en la silla de montar. Exploré el tema de la infidelidad durante un rato, pero no sentí que ninguna otra de sus transgresiones tuviera mucho que ver con el caso, así que lo terminé y me fui corriendo a un McDonald's para ir al baño. De ninguna manera iba a usar su baño.

MALDITA SEA. Alguien estaba en la taza. Habían pasado cuatro horas desde que hice pis. Mi abdomen estaba sintiendo la presión y eso era un no-no. Los médicos me dijeron que no alargara el tiempo entre micciones, ya que podría romper las incisiones internas.

Después de dar un par de saltitos, golpeé la puerta.

"Date prisa ahí dentro".

"Déjame en paz, imbécil".

"Tengo que ir urgentemente, hombre".

"Mala suerte".

Quería tirar la puerta abajo y golpear a este tipo en la boca, pero tenía miedo de orinarme en los pantalones en el proceso y salí por la puerta. Miré a ambos lados, me metí en el baño de mujeres y me senté en uno de sus tronos. Fue lo más rápido que conseguí echar un chorro y me sentí bien.

Pensar en sexo me deprimía. Las cosas no iban bien ahí abajo. Los médicos dijeron que llevaría tiempo, pero parecía que las cosas estaban desconectadas en algún lugar entre mi mente y el pequeño Luca.

La puerta se abrió y metí los pies. Debía de ser una chica

joven por el aspecto de sus zapatillas. Entró en el siguiente compartimento y se tomó su tiempo. Me pregunté si el aliento de un hombre se distinguía del de una mujer. Cuando hizo sus necesidades, vi sus pies junto al lavabo. Se lavó, menos mal, pero no se movió. ¿Qué demonios hacía, admirarse en el espejo?

Finalmente, sus pies abandonaron el lavabo y la puerta se abrió. Me puse en pie, me subí la cremallera y abrí de un tirón la puerta del baño. Agarré la puerta del baño y tiré de ella para abrirla, ante la sorpresa de una señora mayor que entraba.

Le dije: "Perdone, creía que era el baño de hombres".

Me miró con desconfianza, así que tuve que escabullirme un rato en el baño de hombres y fingir que tiraba de la cadena antes de dirigirme al estacionamiento.

STEWART

"Espera lo mejor. Prepárate para lo peor. Aprovecha lo que venga" — *Zig Ziglar*

Era Robin. "Encontraron el auto de Phil".

Maldita sea. El día de San Valentín estaba a la vuelta de la esquina, y esto echaría por tierra mis planes.

"¿El carro de Phil? ¿Dónde?".

"Lehigh Acres. Fue desmantelado en algún lugar de Jaguar Boulevard".

"Oh. ¿Dijeron si tenían alguna pista sobre Phil?".

"No, dijeron que estaba en un lugar donde las bandas locales llevan los coches que roban".

"¿Consiguieron algo de él, como huellas dactilares?".

"No lo dijeron, pero es la primera buena noticia desde la desaparición de Phil".

"No son buenas noticias, Robin".

"¿De qué estás hablando, Dominick?".

Odiaba que me llamara Dominick. Era tan impersonal, como un prefecto en la escuela o algo así.

"Podría significar que Phil no va a volver".

Ella jadeó. "Oh, no. ¿Realmente lo crees?".

"Bueno, no quiero especular, pero si dejó su auto atrás...".

"Fue robado y desvalijado, eso es lo que dijo la policía".

"Te entiendo, pero es posible que lo dejara en algún sitio, quizá un aeropuerto o algo así. Si iba a volver, ya sabes que lo habría guardado a buen recaudo o algo así. No sé, tal vez incluso lo vendió".

"¿Cómo diablos venderlo sería una señal de su intención de volver?".

"Oh, no lo sé. Diablos, ya no sé qué pensar. Sabes, le echo de menos como tú".

"Esto es un mal sueño, una pesadilla".

"Lo sé, es una locura. Oye, ¿quieres ir a comer algo más tarde?".

"¿Qué? ¿Cómo puedes pensar en comer en un momento así?".

Debería haber esperado o haberla llamado.

"No sé, es que no quería que estuvieras sola después de oír lo del auto y todo eso".

"Lo siento, sé que intentas ayudar".

¡Hombre! Esa fue una maldita buena recuperación. Tal vez el día de San Valentín podría ser salvado.

Alrededor de las cinco mi móvil sonó. ¡Era ella! ¡Probablemente quería salir a comer!

"¿Qué tal, Robin?".

"La policía debe pensar que Phil está muerto". Su voz se quebró.

Supongo que esta noche comería sola y podría olvidarme de San Valentín.

"¿De qué estás hablando?".

"El detective Luca vino con un equipo forense".

"¿Qué? ¿Por qué?".

"Para recoger el ADN de Phil".

"Oh, por supuesto. Probablemente es rutina. Me sorprende que no preguntaran antes".

"¿Eso crees?".

"Por supuesto. En CSI lo hacen todo el tiempo. ¿Qué se llevaron, un cepillo de pelo, de dientes?".

"Sí, se llevaron su cepillo de dientes. Buscaron en su armario y peinaron la alfombra junto a su cama. Incluso se llevaron sus chanclas".

"Tiene sentido. Dicen que el ADN está por todas partes".

"¿Qué crees que significa esto?".

No tenía ni idea, pero no podía descartar que tuvieran algo. "No entres en pánico, Rob. Realmente creo que es rutina".

"Espero que tengas razón".

"Mira, no te lo tomes a mal, pero me muero de hambre. ¿Quieres comer algo conmigo?".

"No. No tengo ganas de comer".

LUCA

Cuando volví a mi escritorio, el informe que había estado esperando estaba en mi buzón de mensajes. Había cotejado el ADN del auto de Gabelli con la base de datos de delincuentes conocidos de Florida, con la esperanza de descubrir algo en el caso.

Abrí el sobre de color café. Bingo, había dos coincidencias. Me pregunté cómo atrapaban a alguien en los viejos tiempos. El problema era que, incluso con las herramientas que teníamos, los delincuentes iban un paso por delante de nosotros.

Leí el primer expediente.

Diego Bosque, de veintiséis años, había pasado dos temporadas entre rejas, ambas por robo de vehículos. Le habían detenido por varios robos menores, pero nada hacía pensar que Bosque fuera violento. No era de extrañar que lo relacionaran con el robo del vehículo, pero me importaba un bledo el carro a menos que condujera a lo que le había sucedido a Gabelli. Dudaba que Diego tuviera algo que ver con la desaparición, pero habría que investigarlo. Hot-hands Bosque vivía en Fort Myers e iba a recibir una visita. Pulsé el ícono de impresión y seguí adelante.

Me pareció extraño, pero cuando apareció el expediente de Jamil Johnson, sentí una oleada de optimismo. Jamil tenía treinta y dos años y unos antecedentes penales más largos que los de *El viejo y el mar*. Cubierto de tatuajes carcelarios, Jamil era un feo justiciero propenso a la violencia. El matón formaba parte de una banda de narcotraficantes de Orlando y había entrado y salido de la cárcel durante toda su vida adulta. Con todas las agresiones, muchas con arma mortal, parecía ser un ejecutor de la banda.

Pero lo de la banda de Orlando era confuso. Nunca habíamos tenido un encuentro o incluso un informe de actividad pandillera en otro lugar que no fuera Miami. No tenía sentido, pero este tipo Gabelli era complicado. ¿Quién sabe en qué clase de porquería se metió?

Comprobé las fechas y confirmé que Jamil había estado en la calle cuando Gabelli desapareció. Aunque la línea torcida del crimen se enderezó un poco, este cretino estaba a cuatro horas sólidas de distancia.

No me apetecía estar sentado en un coche, esperando que no me reventara la vejiga, y salir con otro punto muerto. Además, Vinny Colavito, un viejo amigo de la academia, llevaba diez años en el cuerpo de Orlando.

Aunque nunca habíamos cumplido la promesa de reunirnos después de que me mudara al paraíso, Colavito y yo volvimos a los días de dormitorio. Colavito no trabajaba en la unidad de bandas, pero haría interrogar a Jamil Johnson y, si había algo, lo retendría.

Ir a Baleen para una despedida de soltero realmente me desconcertó. Me sorprendió cómo me afectó. Debió ser obvio, ya que un par de compañeros de la comisaría me preguntaron si estaba bien. Me detuve antes de entrar al baño. Allí fue donde empezó todo.

Una noche llena, mejor dicho rebosante, de promesas se puso patas arriba en menos tiempo del que tarda un pañuelo de papel en quemarse. No necesitaba que me recordaran lo frágil que era la vida. Aprendí hace años a disfrutarla cuando se podía. Pero la realidad era que nunca esperé que fuera mi pellejo el que cayera en la trampa a una edad tan temprana.

Tenía claro que tarde o temprano a todo mundo le llega su hora con la desgracia en esta vida. Pensaba que estaba en contacto con mi muerte, pero no estaba mejor adaptado que cualquier otra persona que anduviera por ahí negándolo. Era vergonzoso; yo había sido un defensor a ultranza de planificar tu propio funeral, incluso de elegir tu ataúd, como recordatorio de que íbamos a morir. Resulta que, como la mayoría de los que dan consejos, no queríamos seguir el camino. ¿Una vergüenza? Sí, culpable.

Arrastrándome más abajo estaba el recordatorio de Kayla. Nadie tenía que decirme que era la primera entrada, pero no había duda de que congeniábamos. Sentí que íbamos a llegar lejos juntos. Parecía tan interesada como yo. Se había acercado cuando me derrumbé, así que le importaba. Debería haberla buscado, pero como mi mecánica no funcionaba, parecía inútil. No sé por qué no me acerqué a ella. Mi médico dijo que mi problema físico podía provocar depresión. Quizá fuera eso.

Me habían puesto inyecciones para reducir el tejido cicatricial. Los médicos decían que la acumulación de tejido cicatricial era responsable de las terminaciones nerviosas embotadas que contribuían a que no pudiera tener una erección. Esperaba que tuviera razón y que no hubieran cortado algo más ahí abajo.

Me dijo que estaba seguro al cien por cien de que el Viagra resolvería mi problema, pero que, como el dolor de vejiga y el aumento de la micción eran posibles efectos secundarios, quería probar primero con las inyecciones. Tenía sentido, pero no era él quien no podía tener una erección.

Mi razonamiento no era más que estúpido e inmaduro. Si ella fuera la indicada para mí, me ayudaría a superar esto y estaría de acuerdo con que tomara una pastilla para recuperar mi vigor.

No desperdicies la oportunidad, Luca. Encuentra una manera de llegar a ella.

Colgué el teléfono.

"Otro callejón sin salida, Vargas".

"¿Quién era?".

"Ese viejo amigo mío de Orlando. Jamil Johnson y Diego se conocen. Los trajeron a ambos y los bombardearon. Pero parece que Jamil estaba diciendo la verdad para variar. Jamil estaba viendo a su primo y Diego lo llevó. Dijo que iba a patear el trasero de Diego por todo Lee County por no decirle que iba en un auto robado. No se puede inventar esta mierda".

"Bueno, al menos Gabelli no estaba metido en algún asunto de drogas".

"Voy a hacer que agarren a Diego en esto".

"Pero prometimos que no lo haríamos si hablaba".

"No podemos mirar hacia otro lado, este tipo es demasiado descarado. Tenemos que bajarle los humos".

"No lo sé, podríamos necesitarlo algún día".

"Con su historia, siempre tendremos un montón de cebo".

LUCA

Simmons Construction ocupaba tres plantas de una torre de oficinas de cristal en la 41, justo al sur de Park Shore. Para ser una gran empresa constructora internacional, las oficinas eran poco impresionantes y rayaban en lo miserable. La silla en la que me senté pedía a gritos que la volvieran a tapizar y la mesa de centro estaba estropeada. La única virtud era la vista. Me concentré en una franja del golfo que brillaba en la distancia hasta que una joven y atractiva dama me pidió que la acompañara.

La seguí al despacho de John Conner, el jefe de Gabelli. El despacho estaba lleno de maquetas de edificios y dibujos arquitectónicos enmarcados. Era un lugar de moda para trabajar, pero hacía demasiado frío para mí. Faltaban un par de semanas para la primavera, pero tenían el aire acondicionado a tope.

Conner era británico, pero su acento se había suavizado considerablemente en los quince años que llevaba aquí. Era otro de esos tipos que optan por afeitarse la cabeza para disimular la calvicie. Conner llevaba gafas de montura gruesa y barba de labio. Parecía que coleccionaba vinos. Nada del otro mundo, pero sería un buen tipo para saber si yo estaba en lo cierto.

"¿Cuánto tiempo trabajó aquí el señor Gabelli?".

"Phil empezó un par de años después de que yo llegara, así que diría que unos doce. Tendré que pedirle a Recursos Humanos una fecha exacta".

"¿Cuáles eran sus responsabilidades?".

"Era... es uno de nuestros gestores de proyectos".

"¿Qué estaba gestionando cuando desapareció?".

"Phil estaba en el proyecto Sweet Bay".

"¿Qué tipo de proyecto es ese?".

"Un desarrollo de uso mixto, algunos minoristas, oficinas, y una porción de residencial. Es la mayor parte de lo que hacemos aquí en Simmons".

"¿Dónde está Sweet Bay?".

"Abajo, en Santiago de Chile".

"Tengo entendido que el señor Gabelli viajaba bastante".

"¿Viajar? No, Phil no visitó los sitios de trabajo. Eso es responsabilidad del superintendente".

"¿El señor Gabelli nunca viajó por negocios de la empresa?".

"No me gusta decir que nunca, pero han pasado probablemente diez años o así desde que separamos las cosas, así que si hizo algún viaje fue hace mucho tiempo".

"Eso es interesante. Su mujer decía que viajaba mucho".

"No sé de dónde sacó esa impresión. Tal vez Phil podría haber estado cubriendo algo con ella".

"Eso es lo que estoy tratando de averiguar".

"Espero que lo consiga".

Asentí y dije: "Por cierto, ¿le gusta el vino?".

Sus ojos brillaron. "Mucho. ¿Y a usted?".

Estaba parado en el semáforo de Vanderbilt y Airport cuando me di cuenta de que podía estar perdiendo el tiempo. Parecía que Gabelli había despegado. Tenía un historial de desaparecer durante unos días a la vez, por lo general se esconde con diferentes mujeres. Tal vez encontró un nuevo capricho al mismo tiempo que había acumulado una deuda de juego y decidió huir para siempre. La combinación parecía ser una motivación decente.

Habíamos estado persiguiendo esto demasiado tiempo; podría ser el momento de poner el caso Gabelli en espera. Especialmente ahora que podríamos ser útiles en otra parte.

El departamento estaba presionando agresivamente para evitar que las bandas de Miami pensaran siquiera en cruzar Alligator Alley. El esfuerzo tuvo éxito, pero drenó a muchos oficiales de sus deberes regulares. Nada había salido mal por el cambio de personal y los mandos querían asegurarse de que siguiera siendo así. Como resultado, ahora nos pedían que no perdiéramos el tiempo en casos que estuvieran realmente sin salida. El caso Gabelli parecía calificar.

ESPERÉ a que Vargas saliera de una reunión para comentarlo con ella. A menos que no estuviera totalmente de acuerdo, iba a pulsar el botón de pausa en el caso Gabelli. Estaba leyendo mi correo electrónico cuando Sally, que atendía la línea directa de TIPS, asomó su cabeza pelirroja.

"Hola, Frank, ha llegado una llamada sobre el caso Gabelli".

"¿Me tomas el pelo?".

Sacudió la cabeza. "Un tipo, que quería permanecer en el anonimato, dijo que la esposa está a punto de recibir un pago de dos millones de dólares de una póliza de su marido".

"¿Y cómo lo sabía?".

"Dijo que trabajaba en la aseguradora, Lincoln Life Insurance".

"Vaya".

"Y aquí está la mejor parte; dijo que la póliza estaba en vigor menos de dos años".

"Me pregunto si hay alguna forma de verificar esto".

"Probablemente necesitarías una orden judicial para que Lincoln abriera sus libros".

"Hazme un favor, Sally, dile a Vargas que volveré en una o dos horas".

LUCHÉ POR APARTAR la vista del escote de la blusa de Robin mientras la saludaba. Vaya, me gustaba cómo vestían en el negocio de la publicidad.

Mostró una sonrisa con sus dientes perfectos. Debían de estar blanqueados. Robin parecía aún más fresca de lo que la recordaba. ¿Sería un poco de botox? Intenté reconocer su perfume al pasar junto a ella; me recordaba a algo que solía llevar mi exmujer.

Nos sentamos uno frente al otro en una sala de conferencias que estaba helada. Las paredes estaban llenas de coloridos grabados de Leroy Neiman, en un intento de disimular el hecho de que la sala no tenía ventanas.

"Siento lo de la sala, pero este sitio está lleno de entrometidos".

"Me parece bien".

"¿Para qué quería verme?". Ella ladeó la cabeza.

"Lincoln Life?".

"¿Qué?".

"Me he enterado de que está a punto de cobrar un par de millones de una póliza de su marido".

"¿Y qué pasa con eso?".

"¿Cómo es que nunca lo mencionó?".

"Nunca preguntó, y francamente no es asunto suyo".

"Mire, cuando rellenó ese informe de persona desaparecida hizo que todo lo que tuviera que ver con su marido fuera asunto mío".

"¿Y eso qué tiene que ver?".

"Un par de millones de dólares son un motivo bastante fuerte".

"¿Está diciendo que acabé con mi marido para conseguir el dinero del seguro?".

Su elección de usar "acabé con" en lugar de "maté" fue interesante. ¿Estaba suavizando inconscientemente sus acciones?

"No estoy diciendo nada. Solo intento entender por qué, casi diez meses después de su desaparición, nunca salió el tema".

"Simplemente no salió".

"¿Estuvo esta póliza en vigor mucho tiempo?".

Tras una fracción de segundo de vacilación, dijo: "Un par de años".

Esperaba que no especificara nada, pero no quise presionarla.

"¿Tiene usted un seguro de vida?".

"¿Quiere decir sobre mí?".

Le dije: "Sí".

"No".

"Eso parece un poco inusual, tener una póliza para su marido pero no para usted, aunque tengo entendido que usted gana más que él".

"Así es".

"¿Le importaría explicarlo?".

"Se suponía que me iban a cubrir, pero nunca fui al reconocimiento médico y la solicitud caducó".

No solo tenía sentido, sino que era algo que yo mismo había hecho, a pesar de las insistencias del vendedor de seguros. Seguí adelante.

"¿Qué le ha llevado a solicitar el pago ahora, mientras hay una investigación activa en curso?".

La ira apareció en su rostro. "¿Activa? Tiene que ser una broma".

Me sorprendió el arrebato; parecía auténtico.

"¿Qué le hizo solicitarlo?".

"Un amigo me lo comentó. Me dijo que al cabo de un año la compañía de seguros tenía que pagar y que yo podía presentar la demanda noventa días antes de que se cumpliera el año. ¿Por qué no iba a cobrar en cuanto tuviera derecho? No tuvieron ningún problema en quedarse con mis primas".

"¿Ese amigo resulta ser Dom Stewart?".

Ella entrecerró los ojos. "No".

"¿Tiene algún plan para el dinero?".

"Parece preocupado por el dinero, detective".

Ella esquivó el cebo, así que le dije: "En mi negocio se aprende muy rápido que se ha asesinado a más gente por dinero que por lujuria".

Sonrió. "La codicia es poderosa".

"Espero que no le importe que le pregunte, pero ¿cuánto tenía asegurado exactamente el señor Gabelli? ¿Dos, tres millones?".

"Tres".

"Vaya. Tres millones de dólares. Vaya, de donde yo vengo, eso es mucho dinero".

Se encogió de hombros.

"Fue una buena comisión para el vendedor".

"Supongo que sí".

"¿Cómo se llama el vendedor?".

"¿Para qué quieres eso?".

Oí un rastro de pánico en su voz, así que le dije: "Rutina. Nada en concreto. No lo necesito".

"No es gran cosa. Puedo intentar buscarlo para usted".

¿Buscarlo? Irías directamente al vendedor para cobrar algo así. ¿Por qué tratar de navegar una compañía de seguros gigante sola?

"Vale, gracias. Supongo que es el mismo tipo con el que presentó su solicitud".

"Uh, yo, uh. ¿Sabe qué? Usé un agente diferente al de Phil".

"¿En serio? ¿Por qué fue eso?".

"Un amigo de un amigo tenía un hijo empezando y quería lanzarle algún negocio. Ya sabe cómo es eso".

¿Amigo de un amigo? "Muy gentil de su parte".

"Trato de ayudar cuando puedo".

"El único problema es que nunca lo hizo, así que el chico no ganó ni un centavo".

Ella no pudo ocultar el destello de ira que recorrió su rostro. "Bueno, lo intenté. Es más de lo que hace la mayoría de la gente".

Me puse en pie. "Gracias por su tiempo, señora Gabelli. Cuando pueda, me gustaría saber el nombre de ambos vendedores de seguros".

No sabía qué pensar de este sube y baja. Eran tres millones de dólares, ¿y ella nunca lo mencionó? No me gustaban sus respuestas sobre el seguro; ocultaba algo. Sin embargo, parecía realmente enfadada porque no habíamos sido capaces de averiguar qué le había pasado a su marido. Era lista, y no había duda de que podía ser una arpía, ¿pero una asesina?

LUCA

Me dirigía a otra visita al médico por Golden Gate Parkway cuando sonó mi radio:

"Solicito agentes en los alrededores de Golden Gates que respondan a un posible setenta y uno en marcha en 16715 Tropical Way".

La dirección me resultaba vagamente familiar. "Aquí el detective Luca. Diez-cincuenta-uno. Tiempo estimado de llegada en cinco minutos. ¿Qué puede decirme?".

"Todo lo que sabemos es que un niño llamó diciendo que su madre estaba siendo golpeada. Parece real, pero, como siempre, estén en alerta de emboscada".

Cuando enfundé el auricular, una sensación de inquietud se apoderó de mi vientre, y no tenía nada que ver con mi vejiga. Intenté contener el miedo mientras giraba hacia Santa Bárbara Boulevard. La zona me resultaba demasiado familiar y recé por lo mejor mientras me acercaba, sabía que no era una trampa.

La puerta principal estaba entreabierta y me armé de valor mientras subía trotando, con la mano preparada para desenfundar la pistola. Reconfortado por el sonido de una mujer sollozando, que sabía que sería pelirroja, entré en la casa, anunciando mi presencia como agente. Ningún deseo de que fuera un *déjà vu* podría cambiar los hechos. Ya había estado aquí antes.

Había una televisión encendida, pero la sala de estar estaba vacía. Pasando por encima de dos sillas volcadas, me dirigí hacia el llanto.

Estaban en el dormitorio. Dos niños pequeños lloriqueaban en un rincón cerca de su maltratada madre, que estaba tirada en el suelo. Les hice un gesto con la mano y me arrodillé junto a la mujer. Le sangraba un fuerte corte en la mejilla y tenía un moretón en la frente.

"Señora, soy policía y vengo a ayudar".

Asintió con la cabeza mientras le tomaba el pulso.

"Bien. Todo va a ir bien. Voy a llamar a una ambulancia".

Llamé por radio y les dije a los chicos que volvería enseguida. Cerré la puerta tras de mí, desenfundé mi pistola y me dirigí al pasillo. Dormido, en un sillón de pana de color café, estaba el golpeador de esposas. Exploré la habitación en busca de posibles dispositivos de grabación, pero no parecía haber ninguno.

Me acerqué a él en silencio y apenas pude resistir las ganas de partirle su cobarde cara. Así que hice otra cosa. Golpeé con la culata de mi pistola la rótula del bastardo cobarde. Se despertó como un rayo, gritando de dolor. Luego le golpeé la otra rodilla.

Levanté la pistola. "Cállate o te meto un trozo de plomo".

"Yo, yo...".

"Te he dicho que te calles". Apagué el televisor y le dije: "Si te mueves de esta habitación, te voy a pegar un tiro. ¿Me oyes?".

El cobarde asintió. Cerré la puerta y me dirigí al dormitorio mientras los paramédicos entraban en tropel en la casa. Cuando empezaron a atender a la mujer, llegaron dos agentes uniformados. El dormitorio estaba abarrotado, así que pedí a los niños que salieran al pasillo.

"Pueden ver desde allí. Tenemos que dejar espacio a estas personas para que ayuden a su madre".

Luego me agaché junto a ella. "Señora, todos estamos aquí para ayudar. Solo necesito saber que fue su marido quien le hizo esto".

Ella apartó la cabeza.

"Mire, estuve aquí hace un par de meses. ¿Recuerda, cuando rompió el jarrón de su madre?".

Empezó a llorar. "Me matará, a mí y a los niños, si digo algo".

"No, no lo hará. Estamos aquí para protegerle a usted y a sus hijos. ¿Tiene familia que pueda cuidar de los niños mientras usted va al hospital?".

Ella negó con la cabeza. "No, están en New Hampshire, y no voy a ir a ningún hospital".

"Tiene que hacerlo, está sangrando y hay que hacerle un examen".

Un paramédico dijo: "¿Quiere que llame a Servicios Familiares?".

"¡No quiero que mis hijos estén bajo la tutela del Estado! Puedo cuidar de mis propios hijos".

Le dije: "No se preocupe, señora. No voy a dejar que sus hijos vayan a ninguna parte. ¿Hay algún vecino con el que se sientan cómodos mientras nos aseguramos de que usted está bien?".

"La señora Hannity adora a los niños, pero trabaja hasta las cinco".

Miré el reloj; faltaba poco para la una. Me acerqué a los niños, sonreí lo más ampliamente posible y les dije: "Soy el detective Luca. Mamá va a ir al médico para asegurarse de que está bien. Como la señora Hannity está trabajando, he pensado que podríamos ir a comer algo juntos, ¿vale?".

El mayor dijo: "¿No podemos quedarnos con papá?".

"Me temo que no. Verás, vamos a necesitar su ayuda con tu madre durante un tiempo. Oye, tengo una buena idea, ¿qué te parece si vamos al zoo después de comer?".

ERA difícil mantener una buena cara mientras estaba con los niños. Qué desastre, y yo había contribuido a ello. No, yo era el responsable del desastre de hoy. Estos pobres niños, posiblemente su padre era persona non grata, y así debería ser. Pero los niños, ¿qué saben ellos? Además, tu familia es tu familia, y todos la defendemos por muy loco que parezca a veces.

La culpa se me estaba acumulando. ¿Por qué dejé libre a esa bestia cuando podría, no, debería haberle encerrado?

La primera llamada al 911 fue cuando las cosas empezaron a deslizarse físicamente, y ahora, la prueba estaba en lo mental. ¿Estaba en condiciones de seguir sirviendo?

Volví a ese día. ¿Cómo había dejado escapar a este bruto? Recordé la sensación intermitente de punzadas en las tripas, pero no recuerdo que ese fuera el motivo. No es que saliera corriendo de allí porque me doliera mucho.

¿Qué me perdí? Repasándolo de nuevo, realmente no pude ver nada. El hecho era que, incluso si lo hubiera arrestado, estaría fuera en días. Y a menos que su esposa consiguiera una orden de restricción, esto habría sucedido de todos modos. Ella no era del tipo que se levanta y consigue una orden judicial.

Espera, Luca, ¿qué estás haciendo? ¿Te estás salvando?

Me sentí un poco mejor pensando en las docenas y docenas de casos de este tipo por los que había pasado. Lo deprimente era que hacía falta una paliza como ésta para que una mujer buscara protección legal. Más locas aún eran las innumerables mujeres que defendían a la escoria de estanque que abusaba de ellas y se resistían a los consejos que les dábamos. ¿Qué diablos hacía falta para llevarlas a un lugar seguro?

Hombre, necesitaba una sacudida para salir de mi depresión, una oportunidad para pensar y relajarme. Vanderbilt Beach, allá voy.

LUCA

"Señor Eagleton, soy el detective Luca del Sheriff del condado de Collier. Me gustaría hacerle unas preguntas sobre una póliza que escribió para Lincoln Life sobre Phil Gabelli".

"Oh, Robin dijo que usted llamaría".

"¿La señora Gabelli le dijo que llamaría?".

"Sí, dijo que no quería que me sorprendiera, dijo que era rutina. Es rutina, ¿no?".

"Realmente no puedo hablar de ello, pero estamos tratando de aprender lo más posible sobre el señor Gabelli".

"Por supuesto. Aunque es una maldita pena lo suyo. Era un buen tipo. Saludable también".

"La póliza que tenía; entiendo que el beneficio por muerte era de tres millones. ¿Es correcto?".

"Sí".

"¿Cómo llegaron a esa cifra?".

"Si mal no recuerdo, originalmente hablaron de un millón, pero Robin quería más. Buscaba cinco millones, pero las primas eran caras. Sugerí que hicieran una póliza de segundo fallecimiento. Como eran tan jóvenes, podrían haber conseguido una cobertura de cinco o incluso seis millones por la misma prima".

"¿Segundo en morir?".

"Es una póliza en la que el pago se produce cuando fallecen los dos asegurados. Cuando fallece una persona, no se paga nada, solo cuando fallece la segunda. Muchos matrimonios utilizan ese tipo de póliza".

"¿Usted se lo sugirió?".

"Sí. Ella quería una prestación por fallecimiento más alta, y era una forma de conseguir una cobertura más alta en dólares por más o menos el mismo costo de prima".

"¿Hubo alguna razón por la que no aceptaron su sugerencia?".

"Les expliqué las ventajas de ese tipo de póliza, pero la señora Gabelli dijo que como no tenían hijos no tenía sentido".

"¿Lo tenía?".

"Es cierto que muchas parejas lo utilizan para transmitir el beneficio a sus herederos. Pero yo lo sugerí porque esto no formaba parte de un plan de sucesión".

"¿Le pareció raro que la señora Gabelli no se asegurara?".

"Cuando hablé con ellos por primera vez, era una situación de cobertura típica de marido y mujer. Pero cuando llegó el momento de las solicitudes, la señora Gabelli dijo que no iba a solicitarlo".

"¿Ni siquiera presentó una solicitud?".

"No, al menos no conmigo".

"¿Era el señor Gabelli un buen riesgo. No recuerdo cómo lo llaman, ¿pero con buena salud y todo?".

"Sí, cumplía los requisitos para la prima más baja, lo que hacía sorprendente el hecho de que no aceptaran el suplemento por muerte accidental".

"¿Qué es eso?".

"Es bastante típico, sobre todo en solicitantes jóvenes y sanos, que tomen una cláusula adicional, o cobertura adicional por una muerte accidental, digamos un accidente de coche mortal. La prestación por fallecimiento se duplica cuando se produce una muerte accidental de un asegurado. En su caso, la indemnización pasaría de tres a seis millones".

"¿Y los Gabelli lo rechazaron?".

"Sí. Fue sorprendente porque no era caro".

Vargas llevaba una blusa azul claro y los pantalones de espiga que me gustaban. Pero algo en ella parecía diferente, mejor.

"¿Te hiciste un nuevo peinado, Vargas?".

"¿Peinado? Se te nota la edad, Frankie".

Si supiera que estaba a punto de pedir una receta de pastillitas azules para despertar al pequeño Luca, que últimamente tenía tanta estructura como un calcetín vacío.

"Cielos, solo trataba de hacerte un cumplido".

"¿En serio? Entonces estaría bien que lo dijeras".

Me sentí como un idiota y cambié de tema.

"Después de hablar con el vendedor de Lincoln Life, las cosas se complicaron un poco".

"¿Qué dijo?".

"En primer lugar, fue Robin quien subió el seguro de un millón a tres. Pero escucha esto, ella realmente quería cinco".

"Entonces, ¿por qué se conformó con tres?".

"Demasiado en primas".

"Eso es ridículo. Si ella iba a matarlo y cobrar, ¿qué importaba lo altas que fueran las primas?".

"Buen punto, pero tal vez ella no tenía el flujo de efectivo. Pero surgieron otras dos cosas extrañas. Una es que no agarraron un beneficio por muerte accidental. Eso es una bandera roja en mi libro. Cuesta cacahuetes, y el beneficio por muerte se duplica. ¿Por qué demonios dejarían pasar eso?".

"Hum, no lo sé. Dijiste que había otra cosa".

"Eagleton les ofreció otra manera de aumentar los dólares de la muerte, manteniendo las primas bajas, con algo llamado segundo en morir. Es donde ambas personas deben morir antes de que haya un pago".

"No sé lo que eso implica, Frank. Tendría que pensarlo, pero no tienen hijos, así que ¿quién se quedaría con el dinero cuando murieran los dos?".

"Buen punto, pero lo del accidente es preocupante. Entre el momento del seguro, la cantidad y el hecho de dejar pasar la muerte accidental, las cosas empiezan a cuadrar. Y apuntan a ella".

"Es algo circunstancial. ¿Pero por qué no le preguntamos, a ver qué dice?".

"Mejor que no intente darnos evasivas, como hizo con las apuestas de su marido".

STEWART

"El mundo entero se hace a un lado para el hombre que sabe adónde va" – *Anónimo*

Me sentí bien al ver que por fin algo funcionaba. Tras llamar a la línea directa, Robin tardó menos de un día en entrar en pánico y buscar mi consuelo. A veces puede ser tan predecible. Sabía que la estarían buscando, y debían hacerlo. Tres millones de dólares son tres millones de dólares. Eso compra mucha felicidad desde mi punto de vista.

Fue raro, sin embargo, que ella dejara pasar lo de la muerte accidental. Dijo que como trabajaba en una oficina y no practicaba deportes peligrosos ni iba en moto no merecía la pena.

Parecía tener sentido, pero cuando lo busqué en Google, las cinco causas principales no tenían nada que ver con el trabajo o los deportes. No era sorprendente que los accidentes de coche fueran la primera causa de muerte, pero quién iba a pensar que el atragantamiento, los incendios, el envenenamiento y las caídas completarían los cinco primeros puestos. Extraño, en mi opinión.

La policía tendría que investigar más a fondo lo del accidente, ya que el razonamiento de Robin no me convencía. No solo se benefició con tres millones, sino que fue manipuladora. Ahora Robin estaría bajo el microscopio. En lo que a mí respecta, se merecía que la hicieran pasar por el molino en este momento.

En general, me sentí bien acerca de mi sincronización. Su cumpleaños estaba a la vuelta de la esquina y seguro que saldríamos a celebrarlo. Sería bueno tener un poco más de ímpetu. Tal vez era hora de decirle algo más a ese detective engreído.

Entonces, además de eso, podría condimentar las cosas poniéndola celosa. Esa es una forma segura de motivar a una mujer. Ha funcionado en el pasado, y aunque ella es diferente, Robin no es tan diferente de las otras.

Recuerdo la vez que hice que Marilyn desembolsara ocho mil para sacarme de una deuda de la tarjeta de crédito. Llevábamos saliendo más de un año, pero pedirle el dinero al menos diez veces no me había llevado a ninguna parte. Ella quería que arreglara las cosas, que acudiera a uno de esos gestores de deudas para que me ayudaran a poner en marcha un plan de pagos.

De ninguna manera lo haría. Aunque negociaran un tipo de interés más bajo para lo que debía, tardaría años en pagarlo. Mientras tanto, viviría como un indigente. Me molestó mucho que se negara a ayudarme, diciendo que los ahorros que tenía no tenían liquidez. No podía discutir eso si era cierto.

Cuando se fue a trabajar al día siguiente, eché un vistazo a sus extractos bancarios, que decían que tenía más de treinta y cinco mil en ahorros, doce mil de ellos en efectivo. Cuando llegó a casa, volví a pedirle un préstamo. Cuando se negó, provoqué una discusión.

Después de cenar, desaparecí diciéndole que había quedado con un amigo y volví a casa pasada la medianoche. Estaba furiosa. Garabateé un número de teléfono y un nombre en el reverso de una tarjeta de visita, me la metí en el bolsillo del pantalón y metí los vaqueros en el cesto.

A la noche siguiente, Marilyn empezó a hacerme preguntas sobre con quién había salido. Aproveché sus temores para ser general. Fue divertido darle vueltas. Lo que realmente la excitó fueron las dos veces que hice sonar el tono de llamada de mi teléfono. Cada vez miraba la pantalla y me levantaba del sofá, susurrando. Cuando me preguntó por las llamadas, le dije que era una amiga del trabajo.

Marilyn estaba nerviosa, y mantener las distancias con ella desde que habíamos discutido por el dinero estaba surtiendo el efecto deseado, pero lo que selló el asunto fue el recibo de una docena de rosas que había dejado sobre el mostrador. Se enfrentó a mí y, cuando le confirmé que teníamos una relación, se derrumbó.

Quería saber por qué, y convertí el asunto del dinero en una cuestión de confianza. Fue como lo había planeado, y antes de irnos a la cama, me había hecho un cheque.

SEGUÍ MOVIÉNDOME de la terraza al frente de la casa. Llamé y envié mensajes a Robin, pero la maldita no contestó. Era una noche tan bonita que sería una pena desperdiciarla. El cielo se tiñó de tonos púrpuras y rosados a medida que se iba haciendo de noche. Perfecta para dar un paseo. Después de cambiarme, subí al coche, me metí en la 41 y me dirigí hacia Venetian Village, con la esperanza de que no fuera demasiado turístico.

Cuando crucé Pine Ridge Road, di media vuelta. Iba bien vestido y estaba tan cerca que podría pasarme por casa de Robin, nunca se sabe. Giré hacia su calle. ¿Qué es eso, un BMW en la entrada? ¿Quién demonios tiene un BMW blanco?

Me estacioné al otro lado de la calle y me quedé mirando su

casa. Quienquiera que estuviera allí con ella estaba en la sala de estar, ya que las luces estaban encendidas. Cuando me di cuenta de que la televisión no estaba encendida, salí e hice como si estuviera caminando por la calle para ver más de cerca. Una figura pasó junto a la gran ventana doble. Parecía un hombre, pero no estaba seguro.

Entonces se me ocurrió una idea, volví al coche y me dirigí al restaurante de sushi tailandés de la 41, justo al lado de Vanderbilt. Tomé un rollito de atún picante y una ración de pad Thai —a Robin le encantaba la combinación de fideos y cacahuetes triturados— y volví a su casa.

No sé qué me enfadó más, si el sexy vestido negro que llevaba o el ceño fruncido. A partir de ahí todo fue cuesta abajo.

"Dom, ¿qué haces aquí?".

"Estaba comiendo algo en el restaurante tailandés y pensé en traerte un rollo de atún y el plato de fideos que tanto te gusta". Abrí la parte superior de la bolsa y la salsa de cacahuete se elevó.

"Nosotros ya comimos".

¿Ni siquiera un gracias? ¿Y quiénes éramos nosotros?

"Oh, no me había dado cuenta de que tenías compañía". Torcí el cuello para ver el interior.

Una voz masculina gritó: "Rob, ¿va todo bien?".

¿Rob? Quise gritar que definitivamente las cosas no iban bien, pero Robin se volvió hacia el vestíbulo y dijo: "Ahora mismo voy". Luego me dijo: "Mira, esto es un poco incómodo. Tengo compañía, y lo siento, pero debo pedirte que te vayas".

"¿Irme? ¿De verdad? Hace un día llorabas en mi hombro porque la policía te estaba jodiendo por el dinero del seguro, ¿y ahora soy una persona non grata?".

"No es así".

"¿Ah, sí? ¿Entonces cómo es?".

"He dicho que tengo compañía".

"¿Quién está aquí?".

"Un amigo del trabajo".

"¿Este amigo tiene nombre?".

"Por favor, Dom, dejémonos de tonterías. No tengo que responder ante ti".

"Trato de hacer una buena acción, ¿y esto es lo que obtengo?".

"Nadie te pidió que lo hicieras".

Gruñí, y debió de ser el vapor que me salía por las orejas lo que la impulsó a decir: "Lo que hiciste fue muy dulce, Dom. Te agradezco el gesto, pero esta noche no funciona para mí".

Pero sí para el Señor Oficinista.

"Entonces, ¿cuándo va a funcionar para ti?".

"Vamos, Dom. ¿Por qué no me llamas mañana? ¿De acuerdo?".

Y sin más cerró la puerta. Quise tirar la bolsa contra la puerta, pero en vez de eso la dejé en la terraza delantera. Saber que estaría plagada de bichos en veinte minutos o menos me dio una pequeña dosis de venganza.

Me senté en el coche, echando más humos que un motor diésel de veinte años, esperando a que el payaso se fuera. Cuando dieron las nueve y media, la idea de que aquel tipo pudiera quedarse a dormir me hizo entrar en pánico. Toqué el claxon tres veces, pero lo único que conseguí fue que un vecino me amenazara con llamar a la policía.

Mientras volvía a casa, la llamé cuatro veces al móvil, pero cada vez saltaba el buzón de voz. Al diablo con ella; llamé a Melissa.

LUCA

Colgué el teléfono y sacudí la cabeza. ¿No me di cuenta? Maldita sea. ¿Era fundamental, tonto, y nunca te lo planteaste? ¿Cómo no me di cuenta? Las pistas estaban a la vista. Sabías que la esposa era un tipo A de primera clase. El marido desaparece sin dejar rastro, ¿y olvidaste preguntar por algún seguro de vida? Error número uno. ¿Fue efecto de la quimioterapia?

Stewart me dio una pista sobre el dinero que Robin iba a cobrar. No me gustó la fuente, pero la información es la información. Ahora está en el punto de mira. Ese es el camino a seguir.

Rodé la investigación sobre la contratación del seguro y los beneficios. Había banderas, no rojas, sino rosas. ¿Cómo podía estar tan centrado en ella que ni siquiera exploré una alternativa?

¿Me estaba volviendo loco?

Aunque me sentía bien, a pesar de toda la porquería por la que había pasado y seguía pasando, sobre todo con mis partes íntimas, en el fondo sabía que la enfermedad me había cambiado. ¿Cómo no iba a hacerlo? Lo curioso es que ya no veía las cosas en blanco y negro; ahora había grises en la vida. Sin embargo, con el caso Gabelli, había estado viendo las cosas como lo uno o lo otro.

Me sobresalté en la silla. ¿Cómo demonios se me había pasado por alto que los Gabelli lo habían planeado juntos? Mientras lo consideraba, la posibilidad de que conspiraran juntos floreció. Tal conspiración podría tomar múltiples formas:

Phil desaparecería y Robin cobraría el seguro. Luego, después de un tiempo, Robin desaparecería y se uniría a Phil dondequiera que estuviera. O Robin cobraría, se quedaría, pero dividiría el dinero con Phil. Puede que Phil quisiera largarse y aplacara su culpa con el dinero que cobraría Robin. O, quién sabe, quizá toda la palabrería sobre problemas conyugales no fuera más que un clásico montaje.

Si el ser mujeriego resultara ser una tontería, tendría que considerar entregar mi placa. Tal vez conseguiría un trabajo de oficina para asegurarme de recibir mi pensión. El sindicato me ayudaría. Usaría la tarjeta de asistencia médica. Sería fácil, si pudiera tragarme mi orgullo.

Una conspiración seguro que respondía a las preguntas de por qué había una póliza únicamente para Phil y por qué dejaban de lado el duplicar el seguro por muerte accidental, por no hablar de la opción del segundo fallecido. Pero no me convenció que eso resolviera el crimen. Las conspiraciones son difíciles de llevar a cabo en general, pero cuando giran en torno a una persona supuestamente desaparecida, se hace muchísimo más difícil. ¿Dónde puede esconderse realmente alguien hoy en día, especialmente con tres millones de dólares y un estilo de vida en la alta sociedad? En el mundo actual, no podrías hurgarte la nariz sin que apareciera en Facebook.

Saber todo eso no me hizo sentir mejor. Fue el hecho de que nunca me lo hubiera planteado lo que me sacudió hasta la médula. Me sacudió aún más el hecho de que la nueva pista viniera nada menos que de Dom Stewart.

¿Este tipo estaba jugando conmigo? Él fue el que dejó caer el centavo en el pago de tres millones de dólares del seguro. ¿Por qué llamó a la línea de información? ¿Por qué no nos dijo antes que Phil le había mencionado el plan del seguro de vida? ¿Acaso Stewart era un psicópata que vigilaba el desarrollo de la investigación? ¿Tenía sus ojos puestos en Robin, y si no se salía con la suya, la hundiría? Si lo sabía, entonces sería un copartícipe. Espera, espera, Luca, te estás volviendo loco.

Tuvieron un romance, una aventura, un encuentro, lo que sea. Él quería volver, según Robin. La única manera de que eso suceda es si ella deja a su marido o el marido queda fuera de escena. No gana nada con un plan de seguros en el que Robin y Phil se reparten la pasta. Stewart no puede estar involucrado, pero ¿por qué este goteo de información? Incluso esa chica en el Caribe, ¿por qué esperó para hablarnos de ella?

Podría ser que esa es la forma en que este tipo funciona. Él estaba cerca de Gabelli y está pasando por un momento difícil para enhebrar la aguja. Podría simpatizar con él, ya que siempre había cubierto por mis amigos. Nunca encubriría un crimen, pero habría encubierto la cagada que Gabelli estaba haciendo si fuera un amigo mío, como JJ.

Me pregunto lo que JJ tendría que decir sobre todo esto. No puedo imaginarme a mi excompañero y a mí no explorándolo. Siempre nos asegurábamos de mirar debajo de cada cama.

¿Cómo es que Vargas nunca mencionó esa posibilidad? Era una buena policía, pero ni la mitad de buena que JJ. Los compañeros nos cuidamos mutuamente; llenamos las partes que nos faltan. Maldita sea, Vargas, ¿por qué no pudiste decir algo?

Como para defender su integridad, la puerta se abrió de golpe, era Vargas. No tenía ganas de contarle lo último a mi compañera.

Vargas no estaba molesta por la novedad. Dijo que era un progreso y que había que darle seguimiento. Puede que fuera mi reacción o el enfado de mi cara, pero me sorprendió diciendo que era tonto y contraproducente martirizarme por ello. Por supuesto, tenía razón, pero no me gustó nada.

Debatimos si hacer venir a Robin para interrogarla en nuestro territorio o si sorprenderla en casa. Vargas sugirió que la interrogáramos en la oficina de Robin. Traté de ocultar que estaba enojado porque no se me había ocurrido la idea. ¿Era una prueba más de mis deslices? ¿La quimio me había frito el cerebro?

LUCA

La recepcionista estaba jugando al solitario y cerró rápidamente la computadora portátil cuando mostramos nuestras placas. Le dijimos que íbamos a ver a Robin Gabelli y, antes de que pudiera llamarla, Robin entró en el vestíbulo con la llave del baño en la mano.

Parecía haber visto una película de terror, pero sacudió rápidamente la cabeza y se recuperó. Era buena.

Su sonrisa se extendió más que la luna cuando dijo: "Qué agradable sorpresa verlos. ¿En qué puedo ayudarles?".

Si hubiera sido la primera vez que nos veíamos, me habría tragado su encanto sureño.

"Necesitamos que nos ayude a aclarar algunas cosas".

"Estaré encantada de ayudar. Vamos a mi despacho".

Robin nos hizo pasar a un despacho con un enorme ventanal que daba a un patio con una fuente. Su credenza tenía un par de premios y una foto de ella y Phil. Su escritorio, esterilizado como el de un hospital, tenía una caja de plexiglás y un solitario bolígrafo, nada más.

Dejó de lado la hospitalidad. "¿Qué querían saber?".

Le dije: "Nos gustaría repasar la situación del seguro".

"Pero creía haber respondido a todas sus preguntas. Créanme, sé lo que parece, pero a pesar de eso, todo es legítimo".

Vargas dijo: "Tenemos entendido que recibió el pago del seguro".

"Pues sí. Pagaron la prestación de acuerdo con la póliza".

Vargas preguntó: "¿Y qué hizo con el dinero?".

"No creo que tenga que contestar a eso, en realidad no es asunto suyo. Pero quiero cooperar con usted. La recaudación se depositó en el banco".

Yo intervine: "¿Una cuenta conjunta?".

"¿Qué quiere decir?".

Seguí: "¿Una cuenta que tenía con su marido o solo usted?".

Vargas añadió: "O una cuenta con otra persona".

"No entiendo por qué lo preguntan. Realmente no es algo que les incumba".

Le dije: "Conseguiré una orden judicial y haré que sea asunto mío, señora Gabelli".

Robin me lanzó una mirada que tenía escarcha colgando. No sabía si era por la orden judicial o porque me había dirigido a ella formalmente.

Me dijo: "Mire, todo este tiempo he aguantado muchas insinuaciones de la policía. No me quejé porque solo quería saber dónde estaba mi Phil. Pero ahora están ustedes llevando mi paciencia al límite".

Vargas dijo: "¿Va a contestar?".

"Creo que es hora de que intervenga mi abogado".

Ladeé la cabeza hacia Vargas y me levanté. Justo antes de abrir la puerta, me volví y pregunté: "¿Planearon usted y su marido su desaparición para cobrar el dinero del seguro?".

Robin negó con la cabeza y sonrió. "¿Qué les dio esa idea?".

Le dije: "Un amigo del señor Gabelli se ha presentado diciendo que su marido le confió un complot para hacerlo desaparecer y cobrar la póliza del seguro de vida".

Parpadeó dos veces. "¿Y quién ha dicho eso?".

"No estamos en libertad de revelarlo", respondió Vargas.

Vargas cerró la puerta del coche de un portazo. "No me gusta nada".

¿Acaso había algo de celos en eso? Salí del estacionamiento. "Tiene compostura, hay que reconocerlo".

"Es una farsante. Nos toma por tontos".

Le dije: "No me malinterpretes, es astuta, pero no creo que lo hayan hecho juntos".

"¿Crees que es inocente?".

"No lo sé, pero no creo que los dos lo planearan".

"Estamos hablando de tres millones de dólares, Frank".

"No digo que no haya hecho nada, solo que salirse con la suya en algo así, no sé, no tiene la personalidad para hacer algo así".

"Oh, ¿así que ahora eres psicoanalista?".

"Solo sigo mi intuición, Vargas, solo mi intuición. No quiero presumir, pero la mayoría de las veces es muchísimo mejor que algún matasanos de la cabeza, y mucho mejor que usar un horóscopo".

"Muy gracioso".

"Mantengamos los ojos en el dinero. Si algo o todo se mueve, eso nos dirá algo".

"Tal vez, pero el problema es que ella puede irse y mover el dinero después de que se haya ido. Pueden mover el dinero como un rayo en estos días".

"Pero si ella envía la mitad a Phil Gabelli y se queda, nunca lo sabremos. Deberíamos conseguir una orden judicial para vigilar su cuenta".

"Ojalá fuera tan fácil. Ningún tribunal dará una sin más pruebas de una conspiración".

STEWART

"Pase lo que pase, está en mi mano aprovecharlo" — Epicteto

WATERSIDE ERA MI LUGAR FAVORITO PARA IR DE COMPRAS. Tenían todas las tiendas de lujo del mundo. Me moría de ganas de poder comprar en Ferragamo. Son lo más selecto, mejor que todas las demás tiendas de lujo de Waterside juntas.

Al salir de Saks, pasé por delante de la fuente de agua. No era mi favorita, pero mi tarjeta de Nordstrom estaba al límite y no iba a pasar vergüenza otra vez. Era hora de dejar las bolsas en el coche y comer algo.

Me detuve en la acera y miré a la izquierda para asegurarme de que no venía ningún coche. ¿Qué había? Sentados en una mesa alta en la acera de Brio estaban Robin y ese maldito tipo del trabajo. Ella tenía una copa en la mano y estaba inclinada sobre la mesa hablando.

El Señor Oficinista llevaba pantalones chinos azules y una camisa Tommy Bahama. Dame un respiro, hombre, la moda de Tommy Bahama terminó hace una década. No podía creer que estuviera con alguien como él. Este tipo tenía las piernas cruzadas. ¿Quién cruza las piernas en una mesa alta? Sin duda este tipo era un arrogante.

¿Qué demonios estaba haciendo con él?

¿Podría tratarse solo de un asunto de negocios? Si era así, ¿por qué Robin sonreía como una porrista? Llegué a mi auto, metí la ropa recién comprada en el baúl y salí del lugar. Rodeé el estacionamiento en busca de otro sitio. ¿Por qué este sitio está siempre tan lleno?

Un coche estaba saliendo de un lugar con una línea de visión decente hacia Brio. Entré. Un camarero con delantal negro estaba dejando los platos. No podría decir si Robin pidió la ensalada Mahi que suele pedir. Maldición, había una botella de vino en la mesa. ¿Estaba allí antes?

Hablaban más que comían. Tomé un trago de agua para bajar la bilis que me subía por la garganta. Mientras tapaba la botella, un ayudante de camarero recogió la mesa. El Señor Oficinista pidió la cuenta, levantándome el ánimo.

Llegó la cuenta, el Señor Oficinista puso algo de dinero y se levantaron. Cuando salieron, hice una doble toma. Iban cogidos de la mano. ¿Qué demonios estaba pasando? Se detuvieron en la zona de valet. ¿Este tipo estaciona su auto con valet en el centro comercial? Salté del vehículo y me dirigí a la zona de servicio de valet.

La sonrisa de Robin se transformó en ceño fruncido cuando me acerqué. Se alejó un pasito de su acompañante. Sabía que estaba haciendo algo mal. Casi me atropella uno de los valets en un Bentley.

Ella dijo, "Oh, hola, Dom".

"¿Qué estás haciendo?".

"¿Qué quieres decir? Acabamos de comer".

El Señor Oficinista le dijo a Robin: "¿Está todo bien?".

"Métete en tus asuntos", le dije, y luego a ella, "Te llamé diez veces. Nunca me contestaste".

"Lo siento, pero ha sido una locura en el trabajo".

Miré a su acompañante y le dije: "Te creo".

Su acompañante dijo: "Mira, no sé lo que quieres, pero te pido que nos dejes en paz".

"Cállate y no te metas o te arrepentirás".

"¡Dom! Por favor. Te llamaré mañana, ¿vale?".

"Escucha a la señora, amigo".

Me volví hacia su acompañante y le hundí un dedo en el pecho. "Te he dicho que te calles y no te metas en mis asuntos. Sigue así y limpiaré el suelo con tu escuálido trasero".

El chico del servicio de valet se apresuró a acercarse. "Señor, ¿puedo ayudarle en algo?".

"Sí, atropella a este tipo, ¿quieres?".

Todos me miraban mientras caminaba hacia California Pizza Kitchen. Me senté en la barra, pedí una cerveza y vi a Robin subir a un Mercedes Clase S. Cuando se alejaron, me fui, sin tomar un sorbo de cerveza.

¿Debería enviarle flores? ¿Por qué debería hacerlo? En realidad no hice nada malo; era ella la que estaba en una cita. ¿Quizás la avergoncé en el valet? No se habría acalorado tanto la situación si el Señor Oficinista se hubiese dedicado a sus asuntos. ¿Por qué la gente tiene que meter las narices en los proyectos de los demás?

Tuvo suerte de que no le aplastara el trasero. Yo también, supongo, de lo contrario estaría saliendo a rastras de un agujero más profundo con ella.

Su línea de "estoy ocupada en el trabajo" era pura basura. Ella tenía tres millones de dólares gloriosos en el banco, además de lo que ya tenía. Eso la acercaba bastante a la cantidad de dinero que te permitiría decir "puedo mandarte al infierno".

Robin estaba haciendo las cosas difíciles y confusas. Desafortunadamente, no era porque se estuviera haciendo la difícil. Tal vez era por el duelo.

Tenía que pensarlo bien. ¿Era buena idea darle un par de días? Odiaba estar fuera de juego. ¿La llamaba o iba a su casa?

¿Debía hacer de tripas corazón? No podía rebajarme, además, ¿qué iba a hacer? Nada. Ella era la que andaba por ahí. Será mejor que Robin no se acueste con él.

Debería haber ido a su casa. ¿Por qué demonios no lo hice? Ahora estás perdido, Stewart. ¡Lo arruinaste, tonto!

Vale, piénsalo bien, profundiza.

Tienes que actuar. No puedes dejar que esto desaparezca. Si quieres algo, tienes que ir por ello. Todo o nada.

No más tonterías. Tienes que lidiar con esto de frente. Suavizar las cosas sin comprometerse demasiado. Sí, esa es la solución. Además, su cumpleaños es en un par de semanas, y ese plan es sólido como una roca.

Tomé el teléfono para hacer un pedido de dos docenas de rosas. Estará en casa dentro de una hora. Si lo programo bien, podríamos estar cenando a las siete.

STEWART

"Ve con confianza en la dirección de tus sueños. Vive la vida que has imaginado" — *Henry David Thoreau*

Se volverá loca cuando abra esto. Hasta el papel rosa es de su estilo. ¿Debería ponerle un moño? ¿Tal vez una cinta alrededor? No sé, es una caja muy pequeña, se verá desordenada y abarrotada.

Tal vez debería ponerlo en una caja más grande. Eso realmente la despistaría. Si no, sabría que es una joya.

Podría ponerlo en una caja y luego en otra caja. Eso la dejaría boquiabierta. Lo sacaría y le mostraría cuánto esfuerzo puse en ello. Estaba esa caja en la que venían todas las cosas de Amazon. Pero es un poco grande y demasiado voluminosa para abrirla en la mesa de un restaurante.

¿Qué tal usar una caja de zapatos? Sí, eso funcionaría, y no estaría mal llevarla al restaurante. Puedo verlo ahora, ella abriendo la primera caja, pero tal vez no le guste la teatralidad.

Robin es un poco seria, especialmente en estos días. ¿Sabes qué? Olvídalo.

El anillo cabrá en mi bolsillo. Si las cosas no salen como quiero, tal vez no se lo dé. Creo que le gustará, sin embargo, y un anillo es realmente personal. No era como un anillo de compromiso, pero era un buen trampolín.

ROBIN DIJO que no quería ir a Marco Island, así que reservé una mesa especial en Nosh en Naples Bay junto al puerto deportivo. Era un sitio muy atractivo, con mucho cuero y olía a lujo. Mientras me acercaba al restaurante, seguía enfadado porque ella había insistido en quedar allí conmigo, lo que hacía que el dinero que me había gastado en la limpieza de mi coche fuera un despilfarro total.

Estacioné debajo del hotel y me acerqué a Nosh. ¿Dónde demonios estaba? La mesa que había reservado estaba vacía. Pregunté a la camarera y me llevó a una mesa junto al piano, donde Robin estaba hablando por teléfono.

"Hola, cumpleañera".

Sonrió con una sonrisa decente. "Oh, hola".

"Cambiemos de mesa".

"¿Por qué? Esto está bien".

"De ninguna manera. Reservé una mesa especial, una cabina con vistas al puerto deportivo".

"Está bien, Dom, no hagas un escándalo por eso".

"No, no lo es. Es tu cumpleaños, y después de todo lo que has pasado, no es suficiente".

Esto era bueno. La metedura de pata con la mesa se convirtió en una oportunidad para demostrarle que tenía normas, especialmente cuando se trataba de ella. La noche tuvo un gran comienzo.

Nos instalamos en una silla curva de cuero blanco con ribetes negros. La mesa estaba orientada hacia el agua. Era el mejor sitio del restaurante, si no había gente hablando en voz alta en la barra.

Consulté la carta de vinos y pedí una botella de champán de precio medio.

"Se está muy bien aquí, ¿verdad?".

Ella asintió. "Siempre me ha gustado este lugar, pero me pregunto por qué ningún restaurante parece triunfar aquí".

"Está fuera del mapa turístico. Pero estos tipos saben cómo llevar las cosas".

Charlamos sobre los anteriores restaurantes que habitaron el local hasta que llegó el espumoso. Chocamos las copas y fui a darle un beso, pero ella me ofreció su mejilla. No sé. Me pregunté si debía darle el anillo para animarla.

Un enorme yate entraba en el puerto deportivo y le señalé con el dedo. "Mira ese. Es una belleza".

"Es enorme".

"Sí, grande pero de aspecto elegante".

"Debe ser caro".

"Puedes conseguir uno de esos".

"¿De qué estás hablando?".

"Con el dinero del seguro. Puedes permitirte eso, o cualquier otra cosa que quieras".

"Los barcos son bonitos, pero todo el mundo dice que son un dolor de cabeza".

"Ya conoces el dicho: 'Los mejores días para tener un barco son el día que lo compraste y el día que lo vendes'".

"Los barcos requieren mucho mantenimiento. Yo digo que es mejor tener un amigo con barco".

"Si estás pensando en comprarte uno, no te preocupes, yo me ocuparé de él por ti. Seré tu timonel".

Ella sonrió. "Gracias, pero no, gracias".

¿A tener un barco o a que yo sea su capitán?

Robin no era la de antes, pero parecía haber superado el incidente de Waterside. Iba bastante bien, pensé, mientras la estudiaba. Sus mejillas se sonrosaron a medida que la botella desaparecía, y el ambiente se volvió más relajado, como siempre ocurre con la bebida. Los dos ordenamos el pargo caro, y estaba buenísimo. Ella no quiso postre, así que pedí una copa de Malbec para alargar la noche y me fui al baño.

Me gustó el espumoso que pusieron en el pay de lima, aunque dejaba un montón de motas oscuras en el escaso trozo de pay. Le cantamos el *Cumpleaños feliz* y la bengala se apagó durante el estribillo. Me gustó mucho la bengala; apestaba a clase.

En cuanto se fue el camarero, saqué el anillo y se lo puse en el plato.

"Feliz cumpleaños, cielo".

Parecía sorprendida, pero no tocó la caja.

"Adelante, ábrelo".

Lo desenvolvió como si estuviera desactivando una bomba. Pensé que el rubí rojo quedaba muy bien con el terciopelo negro sobre el que estaba.

"Qué bonito. No tenías que regalarme nada".

"Lo sé, pero quería hacerlo".

"Te lo agradezco, aunque realmente no era necesario".

"¿Te gusta?".

"Es impresionante".

"¡Pues póntelo!".

Se puso el anillo en el dedo meñique. ¿Qué fue eso?

Le dije: "Significas mucho para mí, sabes".

"Lo sé, Dom".

"Deberíamos pasar más tiempo juntos, como solíamos hacer".

"No sé si estoy lista, Dom".

"¿Lista? ¿Qué se supone que significa eso? Tienes que aprovechar las cosas cuando puedas".

"Lo sé, pero parece que Phil desapareció ayer".

"Ha pasado un año, y eso no te impidió salir con ese patán de la oficina".

Me fulminó con la mirada. "Lo que yo haga no es asunto tuyo".

"Bueno, dos pueden jugar a ese juego".

"¿Qué juego?".

Me alegré de ver la señal de peligro parpadeando delante, para variar. "Olvídalo. Siento haber sacado el tema. Realmente entiendo lo difícil que ha sido para ti, Robin, y solo quiero ayudar".

¡Bien hecho! Se ablandó inmediatamente.

EN UNA ESCALA DE DIEZ, la cena de cumpleaños fue un cinco gordo. Cero movimiento. El tiempo es una pérdida, y yo no tengo tiempo. Tengo que explorar mis opciones. Melissa tenía tres puntos de los cuatro que yo estaba buscando. No era Robin, pero su padre, dueño de tres concesionarios Ford, estaba forrado. Su cuerpo era un ocho, ocho y medio tal vez, pero su cara era de seis y medio en el mejor de los casos.

Yo le gustaba a Melissa. Me resistí a sus continuas insinuaciones, aunque cedí un par de veces recientemente. Vamos, un hombre es un hombre. Tal vez era el momento de intensificarlo. Después de todo, ¿cuál es el inconveniente? Puedo saltar sobre los huesos de Melissa mientras pongo celosa a Robin. Es hora de que se coma la comida que hizo. Si eso no cambiaba las cosas con Robin, seguiría adelante. Melissa era una buena, no, excelente alternativa. De una manera u otra, pronto estaría yo en la cima.

Tomé una cerveza, me senté en la terraza y saqué el móvil. Era tarde, así que le enviaría un mensaje a Melissa para decirle que mañana iría a almorzar con ella y, quién sabe, tal vez a comprar un Mustang nuevo.

LUCA

Decir que la consulta estaba abarrotada era decir poco. Firmé y tomé dos revistas antes de acomodarme en el último asiento, que estaba debajo del televisor. Empecé a dormitar cuando sonó mi móvil. Era Vargas.
"¿Dónde estás?".
"En la consulta de mi médico".
"Oh, ¿te encuentras bien?".
"Bien, me hicieron un escáner, pero es solo rutina. ¿Qué pasa?".
"¿Seguro?".
"Claro que estoy seguro, mami. ¿Qué pasa?".
"Estoy en Clam Pass. Encontraron un cuerpo en Outer Clam Bay".
"¿Un accidente de navegación?".
"Me temo que no, el cuerpo estaba pesado".
Me levanté. "Voy para allá".
"¡No te atrevas, Frank! Quédate ahí".
"¿Por qué no? Olvidas que soy el principal agente de homicidios...".

"Espera. Tienes que cuidarte. Este tipo ya está muerto. Baja cuando termines".

"Pero este lugar está lleno. Tomará otro...".

"Escúchate. Eres un buen detective, Frank, pero nada va a cambiar contigo o sin ti".

"Eres un encanto, ¿verdad?".

"Te veré más tarde, después de que termines con el doctor".

"Asegúrate de que la escena esté segura".

"Este no es mi primer rodeo, Frank".

"Lo sé, lo sé".

"Te veré más tarde".

Le supliqué: "Llámame si surge algo. ¿De acuerdo, Vargas? Ey, Vargas, ¿estás ahí?".

Finalmente llegué a Clam Pass cuando los investigadores de la escena del crimen se estaban quitando la ropa protectora. Me había perdido una parte crítica de la investigación y estaba furioso. Ver la escena antes de que fuera pisoteada era una gran ventaja. Se había perdido la mejor oportunidad de intentar recrear lo que podría haber ocurrido. Ahora tendría que esperar a que se despejara el lugar para visionarlo.

La alarma de pipí de mi móvil sonó al salir del coche. Pulsé el botón de repetición y me agaché bajo la cinta amarilla de la escena del crimen. Hacía brisa y las palmeras bailaban bossa nova.

Vargas, vestida con un traje pantalón azul, hablaba con Darren Grumman, que dirigía el equipo forense. Grumman era un tipo tímido que nunca te daba nada hasta que estaba totalmente procesado. No entendía que tuviéramos que actuar con rapidez. Como resultado, la mitad de las veces resolvíamos las cosas sin él.

Grumman vestía su habitual traje barato de paño beige.

"¿Qué me he perdido?".

Vargas dijo: "Un kayakista vio el cuerpo sobre las diez y media y avisó". Levantó el brazo y señaló. "Estaba envuelto en plástico y lastrado bajo los manglares, a unos diez metros del paseo marítimo. Los forenses cortaron el plástico y el cuerpo está prácticamente intacto, pero cubierto de una especie de cera que nadie había visto antes. Parece ser una pista importante".

Asintiendo, pregunté: "¿Hombre?".

"Sí, varón, caucásico, alrededor de seis pies, entre ciento setenta y doscientas libras".

Miré a Grumman. "¿Alguna idea sobre la edad?".

"Difícil de decir".

"Sé que es difícil, por eso están ustedes aquí".

El forense sacudió la cabeza y se alejó. Vargas dijo: "Sabes, a veces puedes conseguir más con caramelo que con vinagre, Frank".

"Oye, estoy en desventaja, no solo llego tarde, gracias a ti, sino que no tengo tu buena apariencia".

"¿Qué tenía que decir el doctor?".

De ninguna manera le diría que estaba dispuesto a clavarle una aguja al pequeño Luca para intentar despertarlo. "Como nuevo. ¿Alguna idea de la edad del muerto? Parece alguien en buena forma".

"Difícil de decir, pero Simmonelli dijo que creía que la víctima rondaba los cuarenta".

Hojeé la agenda en mi cabeza mientras Vargas decía: "Prácticamente han terminado".

"Ya lo veo".

Frunció el ceño. "Mira, tengo que irme. Tengo que estar en el juzgado en menos de una hora".

Vargas me dio un dibujo de la escena del crimen y le dije: "Entonces, date prisa. Tengo que hacer lo mío".

Respiré hondo un par de veces y examiné lentamente la

escena hasta que volvió a sonar mi alarma. Todavía quedaba un puñado de gente, así que me acerqué al hotel, que lindaba con el estacionamiento, para usar el baño de la piscina.

Para cuando vacié la vejiga solo quedaba un agente, cuya función era vigilar la escena del crimen.

El estacionamiento de Clam Pass estaba al final de Pine Ridge. Al final del aparcamiento había un largo paseo marítimo que pasaba por encima de la bahía y llevaba a una bonita franja de playa. El paseo era tan largo que los carritos de golf del hotel contiguo transportaban a la mayoría de los bañistas.

Caminé por la zona, toda pavimentada, por lo que no había huellas de neumáticos ni pisadas que buscar si se trataba de un nuevo delito. Me pregunté cuánto tiempo tardaron los uniformados en sacar a los adoradores del sol de la playa para despejar el estacionamiento. No son las mejores relaciones públicas para una ciudad conocida como el paraíso.

Tras elegir la única cámara de CCTV, comprobé su línea de visión. Miré hacia el hotel, pero como era de esperar, por el precio de las habitaciones, ninguna tenía vistas al estacionamiento. Rodeando el perímetro del terreno no pude encontrar ningún otro punto de acceso.

Dibujo en mano, me dirigí al paseo marítimo. Habían dejado el cadáver en una zona apartada, a unos veinte metros del mirador donde paraba el tranvía. Había tres formas plausibles de que el pobre desgraciado acabara en el fango. Podría haber estado paseando por el paseo marítimo cuando lo atacaron, tal vez fue un robo que salió mal, y luego lo tiraron.

El problema era que estaba cargado para que pesara y atado. Eso sugería que si fue un robo entonces el ladrón estaba listo para matar y tirar el cuerpo, requiriendo un ladrón muy inusual. No me lo creí. Por lo tanto, las probabilidades en este punto eran que quien hizo esto estaba planeando matar a este tipo todo el tiempo.

Tenía que ser así. No sentí que fuera una situación que evolucionó.

Pudo haber sido atraído hasta allí para ser asesinado, pero a menos que hubiera un registro de un coche abandonado que permaneciera sin reclamar, mi sospecha era que el cuerpo fue transportado hasta aquí. Ahora la pregunta era cómo. ¿En coche o en algún tipo de barco?

Empecé a inclinarme por el uso de un vehículo. Le daba más flexibilidad al asesino, a menos que tuviera acceso a un lugar remoto para lanzar un pequeño bote y navegar hasta donde arrojó el cuerpo. No, si estaba en un lugar remoto para empezar, ¿por qué no esconder el cuerpo allí? ¿Por qué arriesgarse?

Me guardé la teoría de la barca en un bolsillo para explorarla más tarde. Matar no era racional, así que había que estar atento a otros comportamientos irracionales.

La autopsia ayudaría a acotar las cosas, dándonos un marco temporal razonable con el que trabajar. Lo de la cera era algo que los del laboratorio averiguarían rápido, dándonos una pista. Esperando obtener algo más de la autopsia y los forenses, saqué mi móvil. Tendríamos que revisar las grabaciones de las cámaras del estacionamiento y ver si el hotel o alguien más tenía cámaras. Pero antes llamaría al departamento de Parques del condado de Collier para asegurarme de que las grabaciones de las cámaras de seguridad estuvieran intactas y fueran inaccesibles para cualquiera que no fuera la policía.

LUCA

Llegamos a la casa y nos sentamos en silencio durante un minuto antes de que yo dijera: "¿Estás lista?".

Vargas respondió: "Tan preparada como puedo estar con estas cosas".

Subimos por el camino de entrada mientras el sol reaparecía tras un breve chaparrón. La casa tenía incluso mejor aspecto del que yo recordaba, lo que me hizo preguntarme si ella había hecho algo nuevo de jardinería o algo así. Intenté recordar la última vez que había estado aquí y toqué el timbre.

Robin abrió la puerta con un vestido multicolor. Normalmente no me gustaban los vestidos que yo llamaba "de Florida", pero esta mujer se vería estupenda en una bolsa de Whole Foods.

Su sonrisa se evaporó cuando nos vio. "Oh, hola. ¿Pasa algo?".

Vargas dijo: "¿Podemos entrar?".

Ella dudó. "Por supuesto. Pero, por favor, díganme de qué se trata".

Vargas comentó sobre el mobiliario mientras tomábamos asiento en la gran sala.

"Seguro que no están aquí por la decoración, así que ¿por qué no me cuentan qué está pasando?".

Acallé los temblores de mi estómago y le dije: "Siento informarle de que el cadáver encontrado en Clam Pass era el de su marido, Phillip Gabelli".

Robin se echó hacia atrás y se tapó la boca. "¡Oh, no!".

Vargas se levantó y se arrodilló frente a ella. "Sentimos su pérdida, señora Gabelli".

Los ojos de Robin se humedecieron. "Pude sentirlo desde el momento en que desapareció. Sabía que era malo".

Vargas estaba lista con un paquete de pañuelos y dijo: "¿Hay alguien a quien pueda llamar para que venga y se quede con usted?".

Robin negó con la cabeza. "No necesito a nadie. Francamente, ya me lo esperaba. ¿Qué le ha pasado?".

Le dije: "No lo sabemos con seguridad".

"¿Se ahogó?".

"No".

Robin se secó los ojos con un pañuelo. "¿Creen que fue asesinado?".

"Creemos que sí".

"¿Por qué lo creen? ¿Le dispararon? ¿O apuñalado?".

Tragué saliva antes de decir: "Lo hundieron bajo el agua".

Robin lloriqueó. "Oh, mi pobre Phil. ¿Qué le hicieron?".

"Vamos a tener que hacer una autopsia. Es lo normal en todas las muertes sospechosas".

Ella asintió. "Por supuesto, lo entiendo".

Antes de que pudiera decir nada, ella dijo: "¿Por qué alguien querría hacerle daño a mi Phil? Era un encanto".

Vargas dijo: "Nos vamos a encargar de que quien haya hecho esto, sea llevado ante la justicia".

Yo dije: "Sabemos que esto es mucho para usted, pero necesitaremos que identifique el cuerpo, señora Gabelli. Me doy cuenta de que esto es un shock, pero cuanto antes mejor porque nos gustaría hacer la autopsia lo antes posible".

"¿Dónde está?".

"En el forense, en Domestic Avenue saliendo de Industrial".

Vargas dijo: "Me encantaría llevarle. No debería conducir sola".

"¿Quiere que vaya ahora?".

"Solo si se siente cómoda con ello. No queremos apresurarle, sino realizar la autopsia lo antes posible. Así podremos entregarle el cuerpo".

Robin enterró la cara entre las manos y se echó a llorar. Vargas le frotó la espalda durante un minuto hasta que recuperó la compostura.

Robin se sonó la nariz y dijo: "Ahora iré a ver a Phil. Solo necesito, digamos media hora, para prepararme".

"¿Quiere que la acompañe?".

"Gracias, pero no será necesario. Estaré bien".

"De acuerdo entonces, nos encontraremos allí".

VARGAS y yo esperábamos a Robin en el edificio beige de poca altura que albergaba las instalaciones del forense. Sin perder de vista la puerta, seguimos hablando de la reacción de Robin a la noticia en el vestíbulo. Ambos pensamos que Robin reaccionó con normalidad cuando le avisamos sobre el hallazgo del cadáver de Phil. A veces, un sospechoso actúa demasiado como siguiendo un guion cuando recibe la inevitable noticia.

Vestida con un traje pantalón negro y tacones bajos, Robin se detuvo antes de entrar en el edificio. Vargas se dirigió a la puerta y la acompañó a la sala familiar. Yo fui a la sala de recepción para asegurarme de que el cadáver estaba listo para ser visto.

Sacaron el cadáver de Gabelli de la cámara frigorífica de

acero inoxidable y lo colocaron en el centro de la pequeña sala. Tomé el teléfono para avisar a Vargas que era hora del espectáculo. Cuando se abrió la puerta, respiré hondo. Vargas siguió a Robin por un pelo mientras se acercaba a la camilla cubierta de sábanas. Miré a Robin a los ojos y, con los labios temblorosos, asintió.

Bajé la sábana hasta el cuello de su marido y Robin jadeó mientras me invadía una oleada de náuseas. Robin se derrumbó y yo me apresuré a cubrir la cara de Phil, sabiendo que no había ninguna funeraria en el mundo que pudiera hacer su funeral con un ataúd abierto.

STEWART

"Lo que importa no es la idea que un hombre sostiene, sino la profundidad a la que la sostiene" — *Ezra Pound*

Robin gritó: "Oh no, Dom, Phil está muerto".

"¿Qué?".

"Vino el detective Luca. Dijo que el cuerpo encontrado en Clam Pass era Phil".

"Oh no, lo siento mucho, Robin. ¿Qué dijeron que pasó?".

"Fue asesinado".

"¿Asesinado?".

"No puedo creer que alguien quisiera hacerle daño a Phil".

Pensé, ¿en serio, Robin? Phil era un tipo bastante bueno, pero era engreído y solo miraba por sí mismo. Ella sabía que molestaba a la gente y que además era un egoísta "exagerado".

"Hay un montón de gente loca por ahí".

"Quieren que vaya a identificar el cuerpo".

¿El cuerpo? Ahogué mi miedo y me obligué a preguntar: "¿Quieres que vaya contigo?".

"No. Está bien".

"Pero Robin, es algo muy... difícil de hacer sola. Déjame ir contigo".

"Gracias, pero está bien".

Robin sonaba muy entera. Era muy inteligente. Aunque nunca hablamos de ello, ella parecía saber que Phil no iba a volver.

"Está bien, pero si cambias de opinión, me tienes a tu disposición".

"Sabes, van a hacer una autopsia".

"¿En serio? ¿Por qué?".

"El detective Luca dijo que era lo normal en casos de asesinato".

"Oh, me siento fatal por ti y por Phil".

"Todo va a estar bien, solo quería que supieras lo que estaba pasando".

¡Bien hecho!

"Llámame si cambias de opinión. Estaré allí en un instante para acompañarte".

Tres días después, pasé dos veces por delante de la funeraria Hodges antes de entrar en el estacionamiento. Mi plan original era llegar temprano para poder ser un pilar de hormigón para Robin, pero nunca se me habían dado bien los funerales, y éste me había convertido en gelatina.

Los funerales de Florida, con todo el mundo de negro, me sentaban tan mal como ir a la playa el día de Navidad. Llevaba mi traje Zegna, aunque había que plancharlo, con una camisa blanca y una corbata azul. Me parecía apropiado.

Un grupo de chicos con los que salíamos había llegado al mismo tiempo que yo, y me uní a ellos como un pez piloto a un tiburón. Entramos y nos recibió un olor a aire viciado con toques florales.

Todos firmamos obedientemente el libro de registro, otra estúpida tradición. ¿Quién lo repasa? ¿Qué se hace con él después del funeral? ¿Comprobar si vino Johnny fulano de tal? Y qué si vino o no. ¿Qué vas a hacer, no ir a su velatorio si no vino a uno de tu familia?

Me consolé con la ruidosa charla que había en la habitación. Robin sonreía mientras charlaba con un grupo de sus compañeros de trabajo. Vestida con un largo vestido negro, tenía buen aspecto, incluso sin maquillaje. Encima del ataúd color marrón había un gran corazón que decía "Mi querido Phil". Me alegré de que fuera un ataúd cerrado.

Me acerqué a ella para presentarle mis respetos y empecé a llorar. Me aseguré de que Robin viera las lágrimas antes de abrazarla. Creo que llevaba la nueva fragancia de Dior. Ella se apartó demasiado rápido, en mi opinión, y fui a arrodillarme ante el ataúd. Tuve los ojos cerrados todo el tiempo y conté hasta cuarenta antes de levantarme y salir al vestíbulo.

Permanecí en el vestíbulo durante dos horas y solo volví a la sala cuando un ministro celebró un breve servicio. Phil iba a ser incinerado y yo agradecí no tener que asistir al entierro.

LUCA

Salí de Industrial Way por Domestic y giré a la derecha en el estacionamiento de un típico edificio floridano construido en los años noventa. Dejé mi pase de policía en el tablero y me dirigí a ver al forense del condado.

El doctor Bilotti, natural de Virginia, había llegado a Naples hacía quince años, unos doce antes de que yo me incorporara a la oficina del sheriff del condado de Collier. El puesto en Collier era más fácil que trabajar en Washington D.C., donde no escaseaban las muertes sospechosas, y le permitía a Bilotti disponer de mucho tiempo para jugar al golf.

En el edificio había tres salas de autopsias. La principal tenía espacio para tres cuerpos. La suite individual era más privada, si es que el hecho de que diseccionaran y estudiaran tu cuerpo podía considerarse privado. La tercera era para víctimas posiblemente contaminadas o fallecidas en incendios.

Bilotti me condujo a la zona individual.

"Gracias por venir, Frank. Creía que esto iba a ser rutinario, pero me han llamado la atención un par de cosas".

Entrecerré los ojos mientras Bilotti encendía las luces. El forense cogió un portapapeles de la mesa de disección de acero inoxidable y bajó la sábana que cubría el cadáver. El guapo de Gabelli no estaba por ninguna parte.

El rostro, hinchado por la descomposición, estaba casi irreconocible. Era un milagro que Robin lo hubiera identificado.

Respirando hondo, dije: "Vaya, doctor, he visto de todo, pero nunca había oído hablar de un cadáver con adi...". ¿Cómo se dice?".

"Adipocere. Es solo la segunda vez para mí, así que no te sientas mal. La primera vez que lo vi fue en un cuerpo que sacaron de la zona pantanosa junto a los Meadowlands. Después de eso, lo investigué. Incluso hay un cuerpo que llaman la Dama del Jabón, en el Museo Mutter de Filadelfia".

"Increíble".

"Seguro que lo es, y puede preservar un cuerpo durante siglos".

"Asombroso".

"Normalmente, no quedaría mucho de un cuerpo en el golfo después de una semana o dos, así que tenemos suerte aquí. La forma en que estaba envuelto el cuerpo y el sedimento que lo cubría crearon las condiciones para que se formara esta sustancia dura y cerosa". Bilotti palpó con una sonda la sustancia cerosa grisácea que cubría la frente de Gabelli. "Como puedes ver, hay algo de descomposición y daños por los carroñeros, pero ha sido severamente limitado por la adipocera".

"Es extraño. ¿De dónde viene?".

"Esencialmente, es una conversión de la grasa del cuerpo".

"Qué manera de acabar".

Bilotti asintió.

"Doc, dijiste que algunas cosas sobresalían".

"En primer lugar, la víctima estaba muerta cuando la metieron en el agua".

"Me lo imaginaba, pero ¿cómo puedes estar seguro?".

"No había agua en sus pulmones, lo que confirma que no respiraba cuando lo arrojaron al agua".

"¿Cuánto tiempo crees que pasó entre la muerte y el momento de ser arrojado al agua?".

Bilotti frunció el ceño. "Prácticamente imposible de decir, Frank. Las formaciones de adipocere limitan nuestra capacidad para estimar con exactitud el intervalo postmortem. La temperatura desempeña un papel importante, y como no sabemos cuándo se puso el cuerpo en el agua, tuve que utilizar una media anual de Outer Clam Bay y determiné un intervalo de seis a nueve meses".

"Eso es mucha cobertura, Doc".

"El cuerpo muestra un caso avanzado de adipocere. Es lo mejor que puedo hacer".

"Me parece justo, Doc. ¿Qué hay de las heridas, hay alguna herida?".

"No. La causa de la muerte en este momento es un fallo cardíaco masivo".

"¿Un ataque al corazón?".

"Sí, pero algo me preocupa". Revisó su portapapeles. "Este tipo parecía estar en excelente estado de salud. Sin signos de cardiopatía, estado arterial normal para un varón de cuarenta años".

"¿Y?".

"Sucede, pero es muy raro que un corazón sano estalle por sí solo".

"¿Podrían ser las drogas, como la cocaína?".

"Podría ser. Intenté comprobarlo pero mira aquí".

Bilotti cogió un bisturí y utilizó su mango para sondear la cavidad nasal de Gabelli.

"Es imposible saber si la inflamación fue causada por la sal del agua o existía como condición previa".

"Gabelli era fiestero, pero por lo que sabemos, no había antecedentes de consumo excesivo de drogas".

"He visto a muchos de los llamados consumidores ocasionales dejarse llevar y acabar aquí o, si tienen suerte, en urgencias".

"Le entiendo, doctor. ¿Puedes decirme cuánto falta para saber qué pasó?".

"Tendremos que esperar a ver cómo salen los análisis de sangre".

"De acuerdo, Doc. Pero no divulgues la causa de la muerte".

LUCA

Giré la cabeza y me masajeé la nuca antes de empezar. Pasarse horas viendo imágenes granuladas de un circuito cerrado de televisión sería un mal entretenimiento, pero estaría bien que las cadenas mostraran de vez en cuando el lado tedioso y mundano de las cosas en sus programas policiales.

La ciencia era el centro de atención, pero la mayoría de los crímenes se resolvían con un sólido trabajo de campo: peinando la escena del crimen en busca de minucias, entrevistando a cientos de personas sin interés y, como hoy, entrecerrando los ojos ante los videos de vigilancia.

Como sabía que los malos solían investigar un lugar antes de cometer sus fechorías, empecé dos semanas antes de que Gabelli desapareciera. Era difícil ocultar un cadáver y aún más mantener en secreto un secuestro, así que, aunque lo más probable es que lo asesinaran cerca de la fecha de su desaparición, había solicitado las grabaciones del estacionamiento de Clam Pass fechadas desde un mes antes de que se denunciara su desaparición.

Seis semanas, cuarenta y dos largos días, más de mil horas de cinta para revisar. Necesitaría un quiropráctico y gafas antes de terminar. No podía ceder parte del trabajo, ni siquiera a Vargas.

Mi creencia inquebrantable era que te perderías las sutilezas de algo fuera de lugar si no lo veías todo tú mismo.

Las imágenes entre las 10 de la mañana y las 4 de la tarde podían verse en modo de avance rápido, lo que me ahorraba algo de tiempo. La cámara estaba situada en la mitad del estacionamiento, en ángulo a la derecha, apuntando hacia la entrada del paseo marítimo. La mala noticia era que un punto ciego en la esquina izquierda, la más cercana a la zona boscosa, me retrasaría. Tendría que tener cuidado con la gente que se estacionaba en esa zona, asegurándome de que eran bañistas y no tramaban nada siniestro.

Introduje el primer DVD y le di a play. Imágenes granuladas en blanco y negro de coches entrando en el estacionamiento de Clam Pass semanas antes de que Gabelli desapareciera cobraron vida. No esperaba gran cosa, pero me mantuve alerta por si veía algo inusual. Uno pensaría que cualquiera que contemplara un crimen tan grave pensaría en pasar desapercibido, pero la gente comete todo tipo de errores estúpidos.

Habían pasado cuatro días e innumerables DVD sin producir la más mínima sospecha en el periodo anterior a la desaparición de Gabelli. Lo único que aprendí fue el ritmo de los bañistas de Clam Pass. Tenía un estacionamiento pequeño, así que no había muchas entradas y salidas. A los más madrugadores les gustaba llegar a la playa como muy tarde a las diez, y luego se calmaban hasta las dos, cuando un treinta por ciento de los madrugadores empezaban a marcharse. Hacia las tres y media, llegaba una multitud tardía que se quedaba hasta la puesta de sol.

Me alegré de haber llegado al día en que Gabelli podría haberse tirado al agua salobre. Mientras me servía una taza de café, recordé que no habría forma de acelerar tanto el metraje y me dirigí a mi despacho.

Taza de café en mano, dejé caer el primer DVD del "después". Nada más que adoradores del sol. A mitad del segundo DVD, el sol empezaba a ponerse. Al cambiar la luz, me incliné hacia delante. El estacionamiento se vació. Aceleré la cinta y, cuando pasaron las once de la noche, un Honda Accord de color claro entró en el estacionamiento. Reduje la velocidad y vi que conducía un hombre. Acerqué el zoom, pero no pude distinguir si había alguien más en el auto.

Me estremecí cuando el Accord entró en la zona ciega. ¿Se trataba de una cita de enamorados? Estudié la pantalla mientras pasaba el tiempo. Pasadas las 12:40, el Honda volvió a aparecer. Esta vez vi a una mujer en el asiento del copiloto justo cuando sonó mi alarma de orina. Lo ignoré, aunque me escocían los ojos, y le di al avance rápido.

Unos minutos después de las 5 de la mañana, una vieja furgoneta, que parecía ser un Chevy, entró en el estacionamiento. La furgoneta parecía cautelosa, moviéndose lentamente hasta que aparcó cerca de la entrada al paseo marítimo. No hubo movimiento. ¿Se trataba simplemente de unos chavales cachondos?

La puerta del conductor se abrió y contuve la respiración cuando salió un hombre caucásico de complexión media. El conductor miró a su alrededor, se dirigió al otro lado de la furgoneta y desapareció. Pulsé el botón rápido, pero en cuanto lo hice, salió, retrocediendo mientras maniobraba algo.

¿Era éste el tipo? Pulsé la pausa y me acerqué a la matrícula. Anoté el número de la matrícula de Florida, JF3974X, y le di al play. ¿Qué era aquello? El tipo dirigía un objeto parecido a un bote sobre un carrito o vagón con ruedas. Tiró de la manivela y desapareció por el paseo marítimo. Detuve la cinta.

¿Había un cuerpo escondido en el artefacto? ¿Parecía que el tipo arrastraba las 170 libras que pesaba Gabelli? Si no era así,

¿qué demonios podía estar haciendo ese tipo a esas horas de la noche? Volvió a sonar el aviso de que hiciera mis necesidades, pero lo pasé por alto. Tenía que ver qué pasaba con este tipo y aceleré la cinta.

La hora marcaba las 7 de la mañana y llegaba el primero de los visitantes del día. Era uno de los varios paseantes de la playa que entraban a trompicones en el estacionamiento. Este tipo llevaba ya dos horas fuera. ¿Tanto tiempo llevaría deshacerse de un cuerpo? Es mucho tiempo. Tal vez se encontró con alguien y tuvo que retrasar la entrega de Gabelli cerca de los manglares. Mientras le daba vueltas a la idea, apareció remolcando su bote.

¿Parecía más ligero? ¿Parecía diferente? Me alejé unos centímetros de la pantalla mientras él desaparecía junto a la furgoneta. Recuerda Luca, recuerda.

Mientras un par de ciclistas se dirigían al portabicicletas, él salió y volvió a sentarse en el asiento del conductor. Antes de que la furgoneta saliera del estacionamiento, agarré el teléfono, pedí la matrícula y me dirigí a mear.

LUCA

Me quedé mirando la foto del DMV de Richard Blake. El hombre de treinta y cinco años no tenía antecedentes. Con el pelo rizado, la licencia lo situaba en seis pies y ciento sesenta libras. Una furgoneta Pontiac Montana estaba registrada a su nombre en el número 1099 de Barcamil Way.

Al verificar la dirección, resultó estar en Colliers Reserve, un barrio antiguo conocido como un refugio a tiempo completo, lo cual era extraño, ya que nunca había conocido a nadie que viviera allí. Había oído que allí no había condominios, y el hecho de que Blake estuviera cobrando desempleo no me cuadraba. Habría estado bien ir a verlo con Vargas, pero ella tenía que ir al juzgado y esto no podía esperar.

Colliers Reserve tenía un aire diferente. Las calles estaban bordeadas de árboles maduros, pero no eran tropicales. Me sentía como si estuviera conduciendo en Georgia o algún lugar por el estilo. La casa del 1099 de Barcamil Way era otra casa bicolor, blanca y beige, de unos veinte años de antigüedad. Su vegetación era exuberante, como la de todas las demás casas del mismo bloque. Me pregunté si los propietarios se habían dado cuenta de que era selvática o si había sucedido tan gradualmente que se habían acostumbrado al aspecto saturado. La casa valía un millón o 1.1 a lo sumo, en mi opinión. Cualquiera que comprara esta casa tendría que hacer un montón de reformas.

La cara de Blake tenía el aspecto sano y curtido de un surfista. Parecía un atleta y se sorprendió de verme. Blake se pasó rápidamente una mano por su pelo arenoso para arreglárselo cuando me presenté.

"¿De qué se trata, del robo en el casino?".

¿Casino? ¿El Casino Seminole que Gabelli solía frecuentar? "Puede ser. ¿Qué sabes al respecto?".

"No mucho. Estaba repartiendo blackjack en la parte de atrás junto a la sección de bacará cuando ocurrió".

"Trabajas en el Casino Seminole de Immokalee, ¿verdad?".

Asintió. "Desde hace unos siete años. Pensé que por eso estabas aquí".

"Estoy aquí por Phil Gabelli". Blake parpadeó pero aparte de eso no había ningún indicio. "¿Lo conoces?".

"¿Gabelli? No puedo decir que me suene".

¿Qué era este tipo, un abogado? ".Te observaron en la madrugada del primero de mayo en Clam Pass. ¿Puede decirme qué hacías allí?".

Metió la barbilla. "¿Me observaron? ¿Tenías a alguien observándome en mayo?".

"Las cámaras de seguridad de Clam Pass te filmaron. ¿Qué hacías allí?".

"¿Quién se acuerda de hace tanto? Pero es un parque público. Tengo todo el derecho a estar allí".

"Mira, podemos hacer esto de la manera fácil, o puedo arrastrarte a la comisaría y podemos hablar allí. Cualquiera de las dos formas me parecen bien".

"No hice nada malo. Solo salí a navegar".

Era un barco. "¿A navegar antes del amanecer?".

"Trabajo en el turno de noche, y muchas veces no puedo dormir".

"¿Así que arrastras tu pequeño bote Sunfish y sales a navegar en la oscuridad?".

"Si supieras lo bonito que es estar en el agua cuando sale el sol, no serías tan petulante".

"¿Cuánto tiempo sales?".

"Depende, pero normalmente dos o tres horas".

"¿Llevas muchas cosas contigo?".

Blake me miró fijamente. ¿Había tocado un nervio?

"¿De qué estás hablando?".

"¿Qué te llevas al agua?".

"No mucho, algo de comer".

"¿Simplemente te sientas ahí en la oscuridad?".

"Se está tranquilo ahí fuera. Solo pienso. Es una forma de meditar".

"Supongo que lo necesitas después de trabajar en un casino toda la noche".

Asintió. "Puede ser caótico".

"¿Siempre has sido crupier de blackjack?".

"Los últimos cinco años más o menos".

"Apuesto a que hay muchos clientes habituales".

Sacudió la cabeza. "Demasiados, en mi opinión".

"Entonces, debes conocer a Phil Gabelli".

"¿Qué aspecto tiene?".

Saqué una foto y se la di a Blake.

"Tal vez".

Otro rodeo. "¿Eso es un sí o un no?".

"¿Sabes cuánta gente juega cada día?".

"Seguro que sabes que puedo conseguir una orden judicial y comprobar la vigilancia del casino".

"Pero el casino está en territorio seminola. Tienen su propia policía".

Así que ese era su ángulo. "Digamos que tenemos un memorando de entendimiento. Ahora, ¿qué tan bien conoces a Phil Gabelli?".

"Si es el mismo tipo que estoy pensando, venía una vez a la semana más o menos".

"Una vez a la semana, durante cinco años, llegarías a conocer a un tipo".

"¿Sabes cuántas mesas de blackjack tenemos?".

Lo sé. No eran muchas. "¿Era un buen jugador?".

"No me acuerdo".

Blake siguió dando vueltas durante quince minutos. Sabía que ocultaba algo, pero seguí adelante.

"Sabes, siempre quise aprender a navegar".

"Deberías intentarlo. Es muy relajante".

"¿El Sunfish es un buen bote?".

"Está bastante bien, pero lo mejor es que es móvil".

"Suena perfecto. ¿Te importaría enseñarme el tuyo?".

"Me encantaría, pero lo he vendido".

"Interesante. ¿Cuándo fue eso?".

"¿Qué tiene eso de interesante?".

"Acabas de decir que era un buen barquito, y aquí vas y lo vendes".

"Voy a comprar algo más grande, si te parece bien".

"¿Cuándo te deshiciste de él?".

"Lo vendí hace unos diez días".

"Como dije, me interesa aprender a navegar. ¿A quién se lo vendiste?".

LUCA

Apenas eran las cinco y cuarenta, pero me levanté de la cama sabiendo que no volvería a conciliar el sueño después de un inquietante sueño sobre Vargas. Bueno, al menos no era otra pesadilla del caso Barrow.

Estaba ansioso por investigar a Blake y su barco, pero tenía que estar en el juzgado a las nueve. El juicio de la red rusa de robo de coches había sido aplazado, a la espera de mi testimonio, y por fin estaba en el calendario. Con casi dos horas para matar, decidí dar un paseo por la playa para hacer algo de ejercicio físico y mental.

Cuando mis pies tocaron la arena junto al Turtle Club, el día en que conocí a Kayla me golpeó con emociones encontradas. Hacía dos semanas que tenía el número de Kayla y aún no la había llamado. No sabía qué era lo que alimentaba la dilación, si mi persistente problema de fontanería masculina o el miedo a que ella no demostrara estar tan interesada como yo parecía estarlo. Me estaba volviendo estúpido, pensé, y allí mismo decidí llamarla esa noche.

La historia de Blake sobre el Sunfish era cierta. El tipo de Lowe's Marina confirmó que compró el barco de Blake hace dos semanas. Todavía estaba en su lote. Le pedí que lo retirara del mercado y lo trasladara al interior. Se opuso, pero cuando le dije que solo sería durante una semana más o menos, accedió y me llevó a ver la embarcación.

Caminé alrededor del esquife blanco de fibra de vidrio. Al asomarme a una abertura parecida a la de un kayak, me di cuenta de que cabían las piernas de un marinero. No había señales de sangre, pero no esperaba que las hubiera. Vi un soporte trasero que cubría una pequeña zona de almacenamiento. Al retirarlo aumentaba el tamaño de la cavidad. Estaría muy apretado meter a un hombre del tamaño de Gabelli, pero no era imposible.

Mirando fijamente el barco, intenté visualizar su aspecto actual en comparación con la noche en que Blake estuvo en Clam Pass. Después de un minuto de imaginar, tomé algunas fotos y me aseguré de que el vendedor quitara el cartel de "Se vende" antes de dirigirme a Immokalee.

Al salir del casino, me sentía bien acerca de mi persistencia con Blake y su trabajo. En lugar de rendirme cuando sus compañeros no me dieron nada, pasé a un par de camareras de cóctel y di en el clavo con una de ellas. Sinceramente, era el ángulo natural, dado el vividor que era Gabelli, pero aun así supuso una necesaria inyección de confianza para mí.

Nancy, una camarera de huesos grandes, nunca habría pasado de la primera entrevista en los viejos tiempos. Según un código tácito, que también guiaba a las azafatas, Nancy no era muy guapa. La morena, que servía bebidas en la sección de blackjack, tenía tantos piercings que parecía que se había caído en una caja de aparejos.

El que más me llamó la atención fue el piercing de la lengua. Cada vez que abría la boca me preguntaba si la ornamentación era dolorosa. Por mucho que bebiera, había que estar trastornado para pensar que era sexy. De todos modos, reconoció a Gabelli de buenas a primeras y dijo que estaba guapo. Me abstuve de contarle más porque no me gusta hablar de los muertos.

Le pregunté qué podía contarme sobre Gabelli, pero aparte de ser un seductor y dejar muchas propinas no había nada revelador. Eso fue hasta que le pregunté por Blake y Gabelli, entonces el oro fluyó de su boca ornamentada. Yo estaba tan emocionado que casi me olvido de preguntar por Stewart. La camarera dijo que rara vez venía con Stewart, lo que me pareció sorprendente.

Una tonelada de tráfico se arrastraba por Immokalee Road, y tuve la tentación de usar mi sirena para acelerar el viaje para ver a Blake.

"ERA UN IMBÉCIL, ¿VALE? UN FANFARRÓN".

El rubor de ira de Blake tomó un tono extraño sobre su bronceado profundo. Sin duda Gabelli lo irritó, la pregunta que pedía respuesta era si la irritación se trasladó a la irracionalidad.

"No es la primera persona que me lo dice. Era un personaje, ¿eh?".

"Sé que no son todos, pero estos chicos guapos, creen que todo el mundo tiene que besarles el trasero. ¿Sabes lo que quiero decir?".

Como cuasi miembro de ese club, no estaba de acuerdo pero quería que fluyera el veneno. "Y cómo. ¿Qué tipo de cosas hacía?".

"Era un jugador medio, no un gran apostador, pero siempre llamaba a los jefes y hablaba como si fuera el dueño de medio local. Siempre estaba pidiendo algo".

"¿Te refieres a un descanso o algo así?".

"No, pequeñas cosas, como pastillas, aspirinas, una galleta, lo que sea, lo pedía y lo conseguía. Es como si quisiera demostrar a todo el mundo que estaba siendo atendido".

"Realmente se metió bajo tu piel, ¿no?".

"Sí, odiaba cuando se sentaba en mi mesa. Y ya sabes, él sabía que no me gustaba, y presionaba mis botones y seguía presionando toda la noche".

"¿Así que esa noche te volviste loco?".

"Siguió sosteniendo las cartas cuando la mano había terminado. Eso no se puede hacer. Tuve que llamar al jefe del box dos veces, y él trató de hacer como si me estuviera metiendo con él. Luego volvió a hacerlo y le grité que me diera las cartas. Y esa basura de Pérez, se puso del lado de Gabelli. Fue vergonzoso".

"El cliente siempre tiene razón".

"No, eso es mentira. No puedo decirte cuántas veces se echa a la gente del casino. Estamos entrenados hasta la muerte sobre el mantenimiento del orden".

"¿Pero dejaron que Gabelli se librara?".

"Como he dicho, el bastardo tenía una forma de ser".

"¡Qué comadreja. He oído que te enfrentaste a él más tarde".

"Me sacaron de la planta, y pasé el resto de mi turno en la ventanilla del cajero. Cuando salí para ir a casa, él estaba fuera merodeando. Fue como si me estuviera acosando. Pasé junto a él hasta el garaje de empleados, y no paraba de tocarme las pelotas. Así que le eché la bronca y otro crupier tuvo que separarnos".

"Oh. Debe haber estado volviéndose loco".

"No estoy orgulloso de ello. Casi pierdo mi trabajo y tuve que rogarle a mi gerente por culpa de ese imbécil".

"Entonces, ¿te vengaste de él metiéndole en Clam Pass?".

"Oh no. No tuve nada que ver con eso".

"Sí, bueno, estabas en Clam Pass la noche que desapareció, y su cuerpo fue encontrado hundido en el agua allí".

"Te dije que fui a navegar para deshacerme del estrés. Te juro que eso es todo. No sé nada de lo que le pasó".

"¿Cómo es que nunca me dijiste que te habías peleado con Gabelli?".

"Mira, odiaba al tipo, pero eso no significa que lo mataría. ¿Qué clase de tipo crees que soy?".

"Eso es lo que estoy tratando de averiguar".

LUCA

En el camino de vuelta, llamé a Vargas. Me preguntó: "¿Cómo te fue?".

"Este tipo o es un actor increíble o dice la verdad".

"¿Qué pasó con el barco?".

"Por eso te llamo. Haz que Finley autorice un aviso de incautación y lleva ese Sunfish al laboratorio".

"¿Viste algo?".

"No, estaba limpio, pero a menos que Blake lo blanqueara, los forenses conseguirán algo si está ahí".

"Está en Lowe's Marina, ¿verdad?".

"Sí, el tipo se llama Sammy. Tengo que irme".

"Espera un segundo".

"¿Qué pasa?".

"Acabo de recibir una llamada de la unidad de delitos sexuales. La semana pasada detuvieron a Steven Foster. Parece que era jefe de los Boy Scouts o algo así, y un niño, bueno, ya no es un niño, se presentó y presentó una denuncia contra él por agresiones sexuales que ocurrieron hace más de diez años".

"Pobre chico, ¿pero qué tiene eso que ver con nosotros?".

"Este pervertido de Foster, bueno, dijo que no fue él, pero señaló a Phil Gabelli como el tipo que lo hizo".

Mis ruedas rebotaron en el bordillo. "¿Qué?".

"Yo tuve la misma reacción, pero lo comprobé con el local de los Boy Scouts, ¿y adivina qué?".

"¡Vamos, Vargas!".

"Gabelli era el asistente de Foster cuando ocurrieron los asaltos. Lo comprobé con los Boy Scouts, y Gabelli estaba allí cuando estaba Foster".

"¡Mierda! Esa podría ser la razón por la que se largó".

"Pensé lo mismo. Tal vez sabía que esto estaba a punto de salir".

"Voy a entrar directamente. Tenemos que hablar con este tipo Foster".

Sintiéndome como si me hubieran inyectado tres tazas de espresso, pulsé la sirena y encendí la luz de mi techo.

Pregunté: "¿Qué hace este tipo para poder permitirse vivir en Tiburón?".

Mi pareja dijo: "Profesor en el instituto Baron Collier".

"Genial, este payaso está rodeado de niños todo el tiempo".

"Creía que en Tiburón había de todos los precios".

"Son las tasas, Vargas. Las tasas están por las nubes", dije mientras giraba hacia la urbanización.

La entrada a Tiburón era una de mis favoritas: un largo camino de entrada bordeado de majestuosas palmeras reales que llegaban hasta un cielo azul sin nubes. La urbanización estaba presidida por el Ritz Carlton Golf Resort, lo que convertía a Naples en la única ciudad pequeña con dos Ritz Carlton. Tiburón tenía un par de campos de golf de categoría mundial, una buena ubicación y viviendas que oscilaban entre los siete millones y los ochocientos mil.

Steven Foster vivía en la segunda planta de un grupo de casas de campo llamado Castillo. Si no recuerdo mal, rondaban los novecientos mil. Aun así era mucho dinero con el sueldo de un profesor. Cuando vi el diminuto tamaño del ascensor, le dije a Vargas que tendríamos que subir por las escaleras.

Sé que no puedo saber quién es un pedófilo con solo mirarlo, pero un Foster descalzo encajaba en el perfil. Era calvo, y el pelo que le quedaba estaba teñido de negro betún. Sus ojos eran brillantes y tenía una barriga flácida.

Pero a menos que la víctima fuera ciega, nunca confundiría a Gabelli con este cretino.

Foster se agarró al marco de la puerta cuando nos anunciamos y dijo: "¿Homicidios?".

"Sí, nos gustaría hacerle un par de preguntas".

"Claro, pero no sé nada de ningún asesinato. Por favor, no me digan que también dicen que he matado a alguien".

Se hizo a un lado y entramos. Todo el lugar estaba revestido de baldosas blancas demasiado pequeñas y colocadas en diagonal. Se supone que hace que una habitación parezca más grande, pero nunca supe cómo. Era un lugar luminoso en el que no creía que a un canalla como Foster le gustara vivir.

Un trío de puertas deslizables que daban a una terraza permitían la entrada de luz y vistas al campo de golf. En cuanto nos sentamos alrededor de la mesa de cristal de la cocina, le dije: "Voy a ir al grano, señor Foster. Los cargos que se le imputan no pueden ser más graves. Tengo entendido que usted afirmó que el acusador se había equivocado y que se trataba de un caso de confusión de identidad".

"Esa es la verdad, lo juro".

Vargas dijo: "Usted afirmó que el verdadero autor era un hombre llamado Phil Gabelli".

Negó con la cabeza. "Sí, es cierto, fue Phil. Él hizo lo que ese chico dijo que pasó".

Dije: "Tengo entendido que usted y el señor Gabelli se conocían de los Boy Scouts".

"Dirigíamos la misma tropa. Yo era el jefe scout y él era el ayudante. Parecía un buen tipo, pero supongo que se merecía lo que le pasó".

Dije: "¿Y qué fue eso?".

"Leí los periódicos. Vi que lo encontraron en Clam Pass. Lo habían asesinado".

Vargas dijo: "¿Quién cree que asesinaría al señor Gabelli?".

"No lo sé exactamente, pero supongo que cualquiera con el que se hubiera metido tendría una buena razón".

Vargas dijo: "¿Conoce a alguien en particular?".

"La verdad es que no le conocía mucho".

Le dije: "Pero trabajaron juntos, ¿cuánto, tres años?".

"Algo así".

Le dije: "Entonces, ¿cómo supo que fue el señor Gabelli quien lo hizo?".

Ladeó la cabeza. "Tuve la sensación, ya sabes, de que estaba un poco fuera de lugar. ¿Sabes lo que quiero decir?".

Vargas dijo: "No, díganos".

"No podía poner mi dedo en la llaga, pero no sé, era la forma en que miraba a los chicos. Algo no estaba bien".

Vargas dijo: "Sin embargo, lo dejó trabajar durante tres años con los chicos de los que usted era responsable".

"Yo, yo, créeme, siento una pesada carga de responsabilidad por lo que pasó".

No me preocupaba cómo se sentía este tipo y le dije: "No se parece usted en nada a Phil Gabelli, que era un tipo apuesto y en forma".

Foster aspiró sus tripas y dijo: "Quizá no he envejecido tan bien como los demás, pero te digo que casi nos parecíamos".

Con una evidente sonrisa burlona, dije: "Si usted lo dice".

Foster se levantó: "Espera un segundo".

Vargas y yo intercambiamos miradas mientras Foster rebuscaba en un aparador encalado.

"Toma, mira, ¿qué te he dicho?".

Tomé la foto y la miré dos veces. Era Foster, quizá diez o quince años atrás, con su uniforme de Boy Scout. Tenía un aspecto totalmente distinto, pero no le vi mucho parecido con las fotos que había visto de Gabelli. Traté de leer en la foto. El ridículo pañuelo amarillo que llevaba no ayudaba. Cualquiera que llevara eso tendría un aspecto extraño.

"¿Cuándo fue tomada?".

"No estoy seguro exactamente, pero yo diría que hace una docena de años. Entonces, ¿me crees ahora?".

"¿Podemos quedarnos con la foto?".

"Claro, si ayuda a exculparme".

LUCA

Dos semanas después de la autopsia, sonó una campanilla anunciando un correo electrónico. Era del laboratorio criminalístico. Al abrirlo, leí el informe toxicológico de Gabelli. No podía creer lo que veían mis ojos. No se había encontrado nada más que una lectura de alcohol. No entendía parte de la jerga médica, así que marqué el número de Bilotti.

"Doctor, soy Frank. Tengo el informe toxicológico de Gabelli. Es el que sacamos de Clam Pass".

"Sí. Estoy familiarizado con el caso. ¿Y qué tiene?".

"Dice que no había evidencia de drogas ilícitas en su sistema".

"Sí, eso es correcto".

"Eso es imposible. Tú mismo lo dijiste".

"No del todo. Lo que dije fue que las drogas pueden haber jugado un papel ya que la víctima no tenía evidencia de enfermedad cardíaca".

"Entonces tuvo que haber algo".

"Me temo que no, Frank. No había nada más que un nivel de alcohol que, si mal no recuerdo, estaba al límite de lo legal".

"No tiene sentido. Estaba seguro de que encontrarían algo. ¿Comprobaron todas las sustancias?".

"Es la práctica habitual, y ten en cuenta que también comprobamos si había medicamentos con receta, como opiáceos, barbitúricos y anfetaminas".

"Entonces, ¿fue un ataque al corazón?".

"Eso parece".

"Dime, Doc, si este tipo murió naturalmente de un ataque al corazón, como estás diciendo, ¿por qué alguien trataría de ocultar el cuerpo o hacer que parezca que desapareció?".

"¿No es esa tu área de especialización, detective?".

No lo entendí. ¿Por qué alguien haría que pareciera un asesinato? ¿Qué demonios estaba pasando? ¿Un ataque al corazón en un hombre sano?

Espera, estaba ese loco caso donde esa mujer fue llevada a juicio por matar a un tipo con sexo. Ella le había dado al viejo bastardo un ataque al corazón. A Gabelli ciertamente le gustaban las chicas. ¿Podría ser algo así? ¿Pero por qué encubrirlo? Si su corazón se rindió haciendo el amor no era un crimen.

A menos que hubiera alguna faceta que le hiciera estallar el corazón.

¿Podría alguien haber contratado a una tigresa sexual para que le diera un infarto, usando uno de esos *poppers* aceleran el corazón? ¿Después de que se desplomara, entraron en pánico, o, quién sabe, tal vez empezaron a discutir y querían deshacerse del cuerpo? ¿Pero qué ganaban con eso? Matas a alguien por celos, por amor, por dinero, por venganza. Lo que falta es un motivo razonable.

Marqué un número en mi móvil.

"Doc, soy yo otra vez. He estado pensando en Gabelli y su infarto. ¿Podría ser que él estaba usando, o alguien le dio un *popper* durante el sexo?".

"¿Te refieres a nitrito de amilo?".

"Sí, eso es".

"El nitrito de amilo es un vasodilatador; hace que los vasos sanguíneos se dilaten. Como resultado, la presión arterial del usuario baja rápidamente, mientras que al mismo tiempo la droga hace que el corazón se acelere".

"Suena peligroso".

"Como todas las drogas, lo es".

"¿Podría haber causado el ataque al corazón de Gabelli?".

"Es difícil de decir. Ha habido casos de paro cardíaco con su uso. Pero normalmente, es algo de uso habitual que con el tiempo debilita los músculos del corazón".

"¿Lo comprobaste en el análisis toxicológico?".

"No, es extremadamente difícil precisarlo ya que se disipa rápidamente. Podríamos hacer una prueba a ver qué sale, pero no vi ninguna prueba de que la víctima consumiera drogas".

"¿Cómo podrías saber si estaba consumiendo?".

"Típicamente, se encuentran pequeñas lesiones costrosas y amarillas alrededor de la nariz y la boca. Las cavidades nasales también están inflamadas".

"Dijiste que su nariz estaba inflamada. ¿Recuerdas?".

"Sí, pero mi opinión es que el nitrito de amilo no fue la causa. Como dije hace un momento, si lo fuera, habría signos de uso".

"¿Puedes hacerme un favor? Haz cualquier análisis que necesites para ver si encuentras algún rastro de nitrito de amilo".

"Si insistes, Frank. Me voy a los Cayos esta noche por una semana. Lo haré cuando vuelva".

"¿No puedes hacerlo antes de irte?".

"Tengo que hacerle la autopsia a ese bebé de seis meses que murió y que, según los padres, fue síndrome de muerte súbita, así como a un joven de dieciocho años que sufrió una sobredosis. Por lo tanto no, no puedo".

"Te entiendo, Doc. Diviértete. Solo prométeme que lo harás en cuanto vuelvas".

CUANTO MÁS PENSABA en ello más frustrado me sentía. ¿Cómo murió Gabelli realmente? ¿Fue simplemente un ataque al corazón? Si fue eso, ¿qué coño estaba haciendo sumergido en Clam Pass? Si fue un asesinato, entonces tirar el cuerpo es normal. Pero si fue una muerte natural, ¿por qué lo tiraron y quién fue el responsable?

MIENTRAS ME DIRIGÍA A LA OFICINA, supe que el enigma de Gabelli tenía que quedar en suspenso al menos hasta que tuviéramos los resultados de los análisis de sangre avanzados. Vargas y yo no teníamos ningún otro caso activo aparte de Gabelli, y nos habíamos topado con un muro. Tardaríamos al menos una semana desde que el médico ordenara los análisis toxicológicos adicionales. Teníamos dos aburridas semanas por delante. Si no hubiera agotado ya todo mi tiempo de recuperación, sería el momento perfecto para tomarme unas vacaciones.

Eso hacía que fuera el momento de hacer lo que odiaba, revisar casos sin resolver. Sé que a algunos detectives les encanta la oportunidad de descubrir los errores u omisiones de un compañero y resolver un caso polvoriento. Pero a mí, y sé que suena raro, prefiero dejar en paz a un oso dormido. Era una prueba más de lo imperfectos que somos, y desde luego no necesitaba más recordatorios.

Saber que iba a dedicar tiempo a casos antiguos fue lo único que me hizo dudar de aceptar el trabajo aquí. Revisar casos sin resolver era aburrido y llevaba mucho tiempo. Entrevistar a gente años después, cuyos recuerdos y memorias estaban enturbiados por el tiempo, requería mucha paciencia, un rasgo del que andaba escaso.

No entendía por qué Kayla no me había devuelto la llamada. Había llamado aquella noche y había dejado un mensaje. Esperar a que me devolviera la llamada aumentaba mi frustración. Si no me devolvía la llamada en un día, lo intentaría una vez más y luego, bueno, a ver qué pasaba.

LUCA

Robin se puso muy nerviosa cuando le conté lo que estaba pasando. Me juró que era mentira. Yo no quería saber nada de la emoción; solo quería una foto antigua de su marido. Después de seis peticiones, por fin dejó de desahogarse y me consiguió una foto. Era buena, bonita y nítida. Le aseguré que arreglaría el desaguisado para que no saliera en los periódicos y me despedí.

Al entrar en el coche, un mensaje de los forenses me avisó que el informe sobre el barco de Blake estaba listo.

Guardé el teléfono y sostuve las fotos de Gabelli y Foster una al lado de la otra. Tenían complexiones similares, pero Gabelli era al menos cinco centímetros más alto, según el DMV. El pelo de Foster también era más oscuro y mucho más corto que el de Gabelli. No era el tiempo entre cortes de pelo. En todo caso, el de Gabelli, aunque más largo, parecía recién cortado.

Puse la foto de Gabelli en el tablero y miré más de cerca a Foster. Sus ojos brillantes me miraban fijamente. Este tipo era espeluznante, pero si ambos llevaban esos uniformes azules de Boy Scout, ¿podría un niño confundir a Gabelli con él?

Me resultaba difícil creer lo de la identidad equivocada. Me di cuenta de que eran personas muy diferentes, a pesar de que nunca había conocido a Gabelli. Foster era tímido, y todo lo que sabía de Gabelli lo clasificaba como un extrovertido demasiado seguro de sí mismo. Mi instinto me decía que Foster quería culpar de un crimen a un hombre muerto. Pero no podía descartarlo, por mucho que quisiera.

Sin embargo, fuera quien fuera, todavía había un asesino suelto. Para centrar la caza del asesino necesitaría saber si se trataba de un asunto de abuso-venganza o no.

Llamé a Vargas, pidiéndole que se pusiera al volante de la retroexcavadora y empezara a cavar de inmediato. Tenía cita con el médico por la mañana y quería llegar al laboratorio forense antes de que cerraran.

Llovía tanto que esperé en el auto más de diez minutos. En cuanto aminoró la intensidad, salté del vehículo y me dirigí al trabajo saltando por los charcos.

Mojado, me abaniqué la camisa mientras Vargas terminaba una llamada.

"¿Tienes algo de Foster?".

Frunció el ceño. "Buenos días, Frank. ¿Cómo te fue en la visita al médico?".

Exhalé. "Buenos días, Vargas. Todo va de maravilla, ¿vale? ¿Podemos hablar de negocios?".

"¿Seguro que estás bien?".

"Sí, mami. Voy a estar por aquí un rato. ¿Tienes algo?".

Ella asintió. "Foster se mudó aquí hace dieciséis años. Nació en Minnesota y enseñó en Hermantown, un suburbio de Duluth, durante casi una docena de años antes de dimitir. No me gustó la forma en que el administrador dijo que había dimitido, y recuerdo que mi hermana dijo que normalmente se necesitan doce años para tener derecho a una pensión escolar. Cuando le dije que era extraño que se fuera tan pronto, me dio la razón. Por la forma en que lo hizo, supe que se estaba conteniendo. Así que llamé a la Asociación de Padres de Hermantown y localicé al presidente de la época, un tal Joe Saturn".

"Ponte a ello, Vargas. Me muero del suspenso".

"Saturn dijo que un padre se había quejado de que Foster había actuado inapropiadamente con su hijo. Algo sobre estar en un closet con el niño de siete años".

"Escoria. ¿Qué pasó?".

"Dijo que nunca se siguió adelante porque los padres del niño no querían que estigmatizaran a su hijo, y no había más testigos".

"¿Lo dejaron pasar?".

"Me temo que sí, pero SCU encontró una tonelada de porno infantil en su portátil, por lo que Foster va a ser un invitado del Estado de Florida durante mucho tiempo".

"Deberían colgarlo".

"Tal vez. ¿Qué hay del barco?".

"Nada. Ni sangre ni fibras. Nada. Los vecinos también verificaron que Blake siempre salía a navegar en medio de la noche".

"¿Blake está limpio?".

"Parece estarlo".

"¿Volvemos al principio?".

No necesitaba el recordatorio. Toda investigación tiene un montón de callejones sin salida, pero me estaba cansando de perseguir fantasmas en esta.

Le dije: "Tengo que llamar a Robin y decirle que su marido estaba siendo utilizado por ese asqueroso de Foster".

LUCA

Cansado tras otra noche de sueño irregular, introduje un disco, apoyé los codos en el escritorio y le di al avance rápido. Cuando encontré el lugar donde Blake y su barco aparecieron. Volví a la velocidad normal.

La grisura pasó de largo, pero no había nada digno de mención cuando el primero de los paseantes por la playa entró en el solar. No tenía sentido prestar atención a los visitantes diurnos, ya que era el segundo día que estaba desaparecido. Incluso acelerando el video, me llevó un montón de tiempo. Antes de que me diera cuenta, sonó mi alarma para hacer pis y me tomé un descanso para ir al baño.

El estacionamiento se tiñó de gris con la llegada del crepúsculo y volví a poner la cinta a la velocidad normal. A las 8:09, un Audi A6 de color oscuro entró en el estacionamiento, llamando mi atención con su zigzagueo. ¿Un borracho? Se detuvo cerca de la entrada y se estacionó. Pasaron quince minutos y entonces se abrió la puerta del conductor. Tenía los ojos puestos en el calvo que salió cuando la puerta del acompañante se abrió y una mujer de pelo largo y pantalones de vestir salió saludando a su hombre. El calvo, que no parecía ebrio, se acercó a ella. Se cogieron del brazo y desaparecieron por el paseo marítimo.

La pareja regresó de su paseo a las 9:23 y se marchó. Poco después, uno de esos pequeños Fiat entró en el estacionamiento. Efectivamente, era una pareja joven que se bajó y empezó a besuquearse. Se metieron en su coche y abandonaron el estacionamiento cuando, a las 10:37, entró un todoterreno Lincoln. Vi cómo el Lincoln empezaba a rebotar suavemente a las 11:05, y se divirtieron hasta marcharse a las 12:21.

El estacionamiento estuvo tranquilo hasta las 2:08 de la mañana, cuando uno de los autos más feos jamás fabricados, un Nissan Cube, entró en el estacionamiento. El Cube blanco entró lentamente en el estacionamiento mientras yo me esforzaba por ver si había alguien más que el conductor. Puse la cinta en pausa. Parecía que conducía un hombre con gorra de béisbol, pero aún no podía saber si iba solo.

El Cube se dirigió hacia la esquina izquierda del estacionamiento y desapareció de la cinta, fuera de la vista de la cámara. La marca de tiempo del video seguía rodando, pero no había nada que ver. Yo suplicaba que algo saliera de la oscuridad. Finalmente, a las 2:41, el Cube volvió a aparecer y salió del estacionamiento. Reduje la velocidad del video cuando apareció el lado del pasajero. Parecía que había alguien o algo en el asiento del copiloto, pero era imposible distinguirlo.

Rebobiné el video para obtener el número de matrícula mientras el Cube entraba. La maldita matrícula no se podía leer. Detuve la cinta y amplié la imagen. Lo único que conseguí fueron las tres últimas letras: 7KW. Lo anoté y seguí adelante.

El video no mostró nada hasta las 4:28 a.m., cuando entró un Ford Focus blanco o tal vez plateado, estacionando cerca de la entrada. Un tipo que supuse en la treintena salió, se apoyó en el coche y encendió un cigarrillo. Le dio un par de caladas y lo tiró a la maleza. ¿Qué le pasa a la gente? quise golpearle el cuello mientras se marchaba.

Pronto, el estacionamiento se inundó de luz diurna y un desfile de caminantes y adoradores del sol comenzó a llegar con su parafernalia. El lugar se vació mientras yo avanzaba a las 5:00 p.m. y lo detenía para ir al baño.

Volví a llamar a Kayla, pero me saltó el contestador. Después de dejar un mensaje, tomé un café y un bagel de la cocina y volví a sentarme en mi escritorio. A las diez de la noche, los enamorados empezaron a llegar a Clam Pass. Algunos daban paseos, y otros, bueno, ¿quién sabía lo que pasaba dentro de esos coches? Siempre había dos coches en el estacionamiento hasta la 1:09 am, cuando se vació. A las 2:31 am llegó uno de esos Chrysler PT Cruiser.

No entró de frente, sino que se estacionó en un par de plazas cerca de la entrada. Dos tipos salieron y abrieron el portón trasero. Me acerqué a la mampara mientras sacaban lo que parecía una gran bolsa de plástico negro. Los hombres cargaron con la bolsa, que parecía pesada, y se dirigieron hacia el paseo marítimo.

¿Qué demonios había en esa bolsa? ¿De qué color era el envoltorio en el que encontraron a Gabelli?

Rebobiné la cinta, tomé nota de la matrícula, que era visible cuando entraron, y cogí el expediente del caso. Al hojearlo, confirmé que Gabelli estaba envuelto en plástico negro. Lo que me desconcertó fue que había dos hombres. Normalmente, cuando hay más de una persona implicada en un asesinato, se trata de crimen organizado o bandas. No habíamos visto pruebas de que los corredores de apuestas de Gabelli tuvieran algo que ver con su desaparición, pero ¿los habíamos exculpado demasiado rápido? ¿Fue otro de mis errores?

LUCA

Con un café en la mano, me dirigí a mi oficina sintiéndome como una caca tibia de perro. Hacía cuatro días que dormía fatal. Las pesadillas habían vuelto después de un paréntesis inusualmente largo que agradecí.

Me habían perseguido las pesadillas relacionadas con el chico Barrow, pero nunca más de una vez cada dos semanas y nunca en días consecutivos. ¿Por qué el repentino aumento? ¿Tener cáncer, orinar como una chica y tener que tomar Viagra no era suficiente?

Para hacer las cosas aún más espeluznantes había un nuevo giro perturbador. Ahora las visiones inquietantes me protagonizaban en tercera persona.

En el pasado, casi todas las pesadillas Barrow que sufría presentaban al chico Barrow colgado de todo tipo de lugares. La mayoría de las veces estaba suspendido en su celda, pero también aparecía en mi armario, el garaje, el refrigerador, incluso en mi oficina. Siempre había sido igual: Barrow retorciéndose ligeramente, con los pies apuntando hacia el sur, la barbilla sobre el pecho, los hombros caídos y los ojos muy abiertos, taladrándome.

La nueva versión, de mi primer caso, que me impedía dormir tenía dos versiones. En la primera estaba tumbado en una cama de hospital con las cortinas corridas. Entraron dos médicos y me dijeron que el cáncer había reaparecido y que me quedaban pocos días de vida. Cuando intenté hacer preguntas, abrieron las cortinas y dejaron al descubierto una carretilla de tamaño gigante que colgaba de unas tuberías. El Barrow de gran tamaño chillaba diciendo que por fin se había vengado de mí.

Aún más aterradora era la que había tenido las dos últimas noches. En esas pesadillas, fui a la consulta de mi oncólogo para una visita urgente, pero no pude entrar porque la sala de espera estaba llena de docenas de Barrows colgando del techo.

Temeroso de perder mi cita, empecé a golpear los cadáveres, abriéndome paso a través de los cuerpos colgantes hasta llegar a una sala de exploración desolada. No había ningún sitio donde sentarse o ser examinado y empecé a sentir pánico. Intenté salir, pero la puerta desapareció cuando agarré el pomo. Cuando me desplomé en el suelo, apareció un médico diciéndome que el cáncer se había extendido. Cuando le pregunté qué se podía hacer, negó con la cabeza y señaló con el dedo. Apareció una puerta. El médico me condujo a través de ella a una sala llena de ataúdes vacíos. Cuando me preguntó cuál quería, en cada uno de los ataúdes estaba yo desnudo.

Tenía que encontrar la forma de sacudirme esto, pensé, mientras asentía a Vargas y me sentaba.

"Tienes un aspecto terrible, Frank".

"Gracias".

"¿Qué te pasa?".

"Nada".

"No me digas nada. ¿Qué te pasa?".

"Tengo problemas para dormir, eso es todo".

"¿Demasiadas cosas en la cabeza?".

"Solo tengo algunos sueños locos".

"Cuéntame. Mi abuela era griega. Me enseñó bastante sobre cómo interpretar un sueño".

"No significan nada. Solo son cosas al azar que se juntan".

Sacudió la cabeza. "No podrías estar más lejos de la verdad".

"Vamos, Vargas, eso es abracadabra. Dime por qué, entonces, digamos que ves pasar a alguien que hacía tiempo que no veías, pero te distraes y te olvidas de él. Pues claro, esa noche está en tu sueño".

"Hay dos tipos diferentes de sueños. A todo el mundo le pasa. Lo que estás experimentando, las pesadillas repetidas y perturbadoras, es totalmente diferente. Algo las está provocando".

¿Tenía razón? "Entonces, ¿ahora eres psiquiatra?".

"Solo estoy tratando de ayudarte a dormir un poco, eso es todo. ¿Por qué no lo repasamos?".

Me quedé mirando en silencio y tomé un sorbo de java.

"Vamos, ¿qué dices, Frank? No puede hacer daño".

Debería saberlo. Lo de Barrow sí que dolía. No sabía qué hacer. Era buena escuchando, pero también le gustaban tonterías como los horóscopos. Aparte de JJ, nunca le dije nada a nadie. JJ y yo éramos amigos. Compartíamos cosas que los tipos no harían, y nunca se filtró ni una gota.

Pero Vargas sabía mantener la boca cerrada. Lo había demostrado, y yo le importaba un bledo. La consideraba una verdadera amiga. Sé que es retorcido, pero el hecho es que la mayoría de los hombres no son amigos de las mujeres. Generalmente buscan meterse en la cama con ellas. A veces, Vargas era atractiva físicamente, pero cuanto más la conocía, más apreciaba lo buena persona que era.

Cuando me enfermé de cáncer. Vargas era sincera en su preocupación y no soltaba la basura machista que la mayoría de los policías hacen cuando un compañero está en problemas.

"Hola, Frank, ¿estás ahí?".

"Lo siento, estaba pensando".

Vargas acercó su silla a mi escritorio.

Le dije: "Ahora no, Mary Ann".

"¿Estás seguro, Frank?".

"Sí".

"Tienes que desahogarte".

"Lo sé. Mira, hablaremos de ello en otro momento. ¿De acuerdo?".

"Tú decides. Frank, no soy yo la que tiene pesadillas".

Colgué el teléfono y me recosté en la silla sacudiendo la cabeza. No solo estaba agotado físicamente, sino que estaba cansado de chocar contra paredes de ladrillo. La pista del PT Cruiser resultó no ser más que dos bienhechores que acampaban en la playa para proteger los nidos de tortugas marinas. No tengo nada en contra de las tortugas, y creo que el esfuerzo por proteger sus nidos es bueno. De hecho, creo que las tortuguitas son preciosas. Sin embargo, parece que nos estamos pasando un poco interfiriendo para asegurarnos de que llegan al golfo antes de que algún pájaro las coja como cena. ¿Qué pasa con los pájaros? ¿No tienen que comer?

Quizá este caso no se resuelva. Tal vez dentro de veinte años un detective aburrido del condado de Collier se pase el día estudiando este caso sin resolver. Parecía probable, y me molestaba. Me pareció oportuno hacer una pausa.

Tomar distancia parecía funcionar para mí. No todo el tiempo, pero a veces, las cosas te golpean cuando no estás hasta las rodillas en un caso. Era hora de que este detective desempolvara un viejo caso.

Me levanté y arrastré una caja de carpetas, pasando la mano por los archivos. De tin marín, de do pingüé. Saqué uno y empecé a leer.

A mitad de camino entre los papeles que documentaban la

investigación del asesinato de Boris Laskin, un becario llamó a la puerta y me entregó un informe.

Era el informe de matrículas que había pedido sobre el Cubo. Lo metí en la cesta y volví al caso Laskin. Una referencia en el caso de un coche robado me hizo detenerme y cogí el informe del DMV.

Dos páginas de números de matrícula, y a nombre de quién estaban registrados, me sorprendieron. ¿Tanta gente quería un Cube? ¿Y en blanco? Tal vez limitaron las opciones de color. Esto requeriría un montón de seguimiento. Tal vez podríamos hacer que los uniformados los investigaran. Pasé la primera página y el corazón se me aceleró.

STEWART

"Hay que arriesgarse, porque el mayor riesgo en la vida es no arriesgar nada" — *Leo Buscaglia*

LO VI DESDE LA VENTANA DE LA COCINA; ERA ESE MALDITO detective otra vez. Bajé las escaleras, saqué mi inhalador, le di una calada y abrí la puerta.

"Hola, detective Luca. ¿Qué puedo hacer por ti?".

"Tengo un par de preguntas. ¿Puedo pasar?".

Diablos no, no puedes entrar. "Claro".

Se sentó en la misma silla que la primera vez que vino, pero esta vez no le ofrecí nada. No compensa ser amable con estos tipos.

"¿Tienes un Nissan Cube blanco del 2010?".

"No".

El detective sacó un documento del bolsillo y lo desplegó. "¿En serio? Bueno, aquí tienes una copia de la matrícula".

"Antes tenía uno, pero lo vendí".

"Ahora no es el momento de jugar, señor Stewart".

Que te jodan, Luca, has dicho que "tienes" uno. "Quizá deberías ser más claro al interrogar".

El detective no estaba contento. Me miró fijamente durante demasiado tiempo y luego dijo: "¿Bajas a Clam Pass a menudo?".

"Me gusta la playa de allí, pero no voy tanto como me gustaría. Además, creo que Vanderbilt es más bonita".

"¿Quieres decir por la noche?".

"No sé de qué me estás hablando, detective".

El bastardo hurgó de nuevo en su bolsillo. ¿Qué era, un mago?

"Aquí tienes una foto tuya en tu Cube entrando en Clam Pass en plena noche del primero de mayo".

Miré la foto gris y granulada y le dije: "¿Va contra la ley?".

"No, pero coincide perfectamente con el día en que desapareció tu mejor amigo".

Sonreí. "Ah, ya entiendo, así que ahora crees que debo haber llevado el cuerpo de Phil allí y tirado a mi mejor amigo al agua".

"¿Qué estabas haciendo allí esa noche?".

"No era yo. Le presté mi auto a un vecino".

Luca echó la cabeza hacia atrás y soltó una risita. El engreído bastardo dijo: "¿Y cómo es que recuerdas eso?".

"Es fácil, detective Luca, es la noche en que desapareció mi mejor amigo en todo el mundo. Tengo un recuerdo cristalino de esa noche".

"Ya veo. ¿Y quién es el vecino al que dices que le prestaste el auto?".

"No lo digo por decir, le dejé usar mi auto. Lenny Nership, vive justo enfrente. Puedes ir a preguntarle".

"Créeme, lo haré".

Hombre, realmente estaba empezando a odiar a este tipo. "Adelante".

"¿Cuál es su dirección?".

"No lo sé, pero no es el que está justo enfrente, sino el de la izquierda. Es la unidad inferior".

"¿Por qué vendiste el auto?".
"¿Qué, vender un carro es un delito hoy en día?".
"¿Lo cambiaste por otro o lo vendiste a un particular?".
"Lo cambié".
"¿Dónde?".
"Puedes ahorrarte mucho tiempo yendo a ver a Lenny".
"¿Dónde lo cambiaste?".

Este Luca era obsesivo y me sacaba de quicio rápidamente. Estaba pensando en darle un concesionario Lexus o algo así para que se hiciera un lío, pero dije: "Germain Honda, en Davis".

El detective tomó nota. Parecía a punto de hacer otra pregunta, pero se levantó, se metió la libreta en el bolsillo y dijo: "Eso es todo por ahora".

Le miré por la ventana. Se dirigió a casa de Lenny. Sabía que Lenny no estaba en casa y sonreí al pensar que Luca tendría que hacer otro viaje. La próxima vez que venga, no le abriré la puerta. ¿De qué me sirvió estar disponible?

A LA MAÑANA SIGUIENTE, temprano, Lenny me envió un mensaje y me dijo que Luca acababa de irse. Dijo que el detective quería saber si le había prestado mi Cube y que le había dicho que sí. Cuando Luca le preguntó por qué, dijo que tenía una cita y que su coche era una chatarra. Y ahí se acabó todo.

Esperaba que Luca me dejara ahora en paz.

LUCA

Vargas me echó una mirada y dijo: "¿Qué ha pasado?".

Negué con la cabeza. "Realmente pensé que ataríamos a Stewart a Clam Pass. Pero parece que le prestó el auto a un vecino".

"¿En serio?".

"Sí, el vecino tenía una cita y su coche es una chatarra, así que usó el Cubo de Stewart".

"La parte de la cita yendo a Clam Pass por la noche tiene sentido".

"Lo sé, sin embargo, el tipo estaba un poco fuera de lugar".

"¿Crees que estaba mintiendo?".

"No, no. Quiero decir que era un poco raro, no sé, como con un toque de algo, tal vez autismo".

"¿Qué? ¿Ahora puedes diagnosticar autismo?".

"No, no sé cómo llamarlo. Era el tipo de persona que tenía el auto lleno de calcomanías. ¿Sabes a qué me refiero?".

Vargas negó con la cabeza. "Sabes, Frank, cualquier otro pensaría que estás loco".

"¿Yo? Tú eres la que cree en cosas como los horóscopos".

"No te pongas tan a la defensiva, Frank. Intentaba decirte que entendía lo que querías decir con la referencia a las calcomanías".

"¿Entendiste?".

"Estás demasiado tenso, compañero. ¿Sigues sin dormir?".

Asentí con la cabeza.

"Creo que puedo ayudarte si te abres un poco".

Asentí.

"Háblame de los sueños".

Vargas cerró la puerta y yo me abrí. Le hablé de las pesadillas recurrentes en las que aparecía el chico Barrow ahorcado y el nuevo giro sobre mi muerte.

"Suenan aterradoras. Háblame del caso Barrow".

Agaché la cabeza. "Es vergonzoso, Mary Ann. No te va a gustar, pero créeme, aprendí de ello".

"Frank, aquí no se juzga. Soy tu compañera y amiga".

"Fue el primer caso de homicidio en el que tuve una participación real. Fue un caso de alto perfil, ya que la víctima era sobrina de un funcionario del condado. Trabajé en el caso con un veterano, Bob Stone, que estaba a un año de jubilarse. Pensé que sería una verdadera experiencia de aprendizaje, trabajar con un veterano, pero fue casi todo lo contrario.

Esta pobre chica fue estrangulada con una cuerda y encontrada en el bosque de un parque a menos de una milla de su casa. Inmediatamente el foco se centró en el exnovio, un chico llamado Dominick Barrow. Habían roto apenas dos semanas antes de que la encontraran muerta. La chica había terminado la relación de un año, desmoronando a Barrow".

Tomé un sorbo de agua y continué.

"Dada la relación, sabía que el chico era el principal sospechoso, pero Barrow no tenía antecedentes y no disponíamos de pruebas forenses. Trajimos al chico y no conseguimos nada más que admitir que estaba angustiado por la relación.

Pero le pillamos mintiendo. Dijo que no había estado cerca

del parque el día que ella desapareció, pero las imágenes del circuito cerrado de televisión lo mostraban saliendo del parque. No podía explicarlo y nunca cambió su historia. Eso me molestó, pero cuando presioné a Stone para que ampliara la búsqueda de otros sospechosos no llegamos a ninguna parte.

Una búsqueda en la casa de Barrow encontró una cuerda que, según el forense, podría ser el arma del crimen. El problema para mí era que no había ninguna prueba forense que la relacionara con el cuerpo. Stone fue inflexible, sin embargo, dijo que el chico podría haber cortado la parte que usó o que había comprado dos cuerdas".

"Oh vaya, suena endeble".

"Lo era, pero los jefazos estaban presionando para que se cerrara el caso, alegando presiones de los freeholders, así se llama la ciudad, Freehold, y cuando un chaval salió de la nada para decir que Barrow había estrangulado recientemente a un gato callejero, se acabó el juego para Barrow".

"¿Qué pasó?".

"Sabía que no teníamos suficiente. Sentí que era menos que circunstancial. Incluso si el chico estranguló a un gato, es repugnante y cruel, pero matar a otro ser humano es un gran salto. Stone quería arrestar al chico, pero le dije que era demasiado pronto y que necesitábamos más. Lo siguiente que recuerdo es que Stone y el capitán, ese bastardo llamado Kilihan, me acorralan, preguntándome si soy un jugador de equipo o no. ¿Qué se pierde arrestándolo? Tal vez confiese, dicen. Así que voy en contra de mi buen juicio y acepto firmar". Sacudí la cabeza y dije: "Bueno, arrestamos a este pobre chico, y el chico se ahorca la primera noche en custodia".

"Oh, Dios".

"Lo sé, se pone peor. Por supuesto, los padres nos culparon de la muerte de su hijo, que decían que era inocente, y menos de tres meses después alguien confiesa el asesinato".

"Eso sí que es duro, compañero".

"Dímelo a mí".

"Es completamente comprensible que estés abrumado por la culpa, pero tienes que ponerlo en contexto. No fue una decisión solo tuya".

"Sí, pero pude haberlo evitado".

"Recuerda que eras un novato, Frank. No tenías ninguna influencia".

"Podía haber ido a la prensa".

Vargas negó con la cabeza. "No lo habrías hecho. No podías jugártela tanto. Habría sido el fin de tu carrera".

"Tal vez".

"Nada de tal vez. Tenías un papel, uno menor, Frank, pero si no lo hubieras hecho, ¿crees honestamente que no habrían traído al chico? Date un respiro. Y ya que estás en eso, no olvides que el chico no se ayudó a sí mismo al decir mentiras".

Me encogí de hombros. Ella tenía razón, pero yo ya lo había masticado una y otra vez. Dije: "¿Pero no crees que fue terrible seguirles la corriente?".

"Déjame hacerte una pregunta. Si nadie hubiese confesado el estrangulamiento, ¿te sentirías mejor al respecto?".

"Por supuesto".

"Pero eso no significaría que este chico Barrow lo hizo, ¿verdad?".

"Pero habríamos seguido investigando".

"¿De verdad crees eso? Si el chico estaba siendo incriminado, no tendría ninguna oportunidad".

"Podría haber surgido algo".

"Puedes seguir machacándote por ello, pero eso no va a cambiar nada. Acéptalo, cometiste un error, pero la realidad es que, aunque hubieras intentado eludir la presión, el chico iba a ser detenido. No me cabe duda, y si eres honesto contigo mismo también lo verías. Es hora de seguir adelante, Frank. Esto fue hace más de diez años".

"Probablemente tengas razón".

"Has pasado por una tremenda cantidad de estrés, Frank. Es completamente normal experimentar sueños inquietantes, pero puedes ayudarte a ti mismo dejando atrás este desafortunado caso. Prométeme que lo intentarás".

Asentí con la cabeza.

Mary Ann dijo: "Ahora bien, la visión de que tu cáncer vuelve a aparecer es típica. Es un miedo natural y, aunque tengas un certificado de buena salud, es completamente normal. Tuviste un roce con la muerte y habrías tenido esas visiones incluso sin la culpa persistente por el caso Barrow. Pero no habrían sido tan graves. En algún lugar de tu mente, crees que deberías ser castigado por el caso Barrow y por eso tienes cáncer. ¿Lo entiendes, Frank?".

Tenía que pensarlo bien. "Tiene sentido. No relacioné las dos cosas".

"El cáncer no lo puedes controlar, pero la culpa sí. ¿Eso ayuda?".

Algo hizo clic, no fue un movimiento de montaña, pero entendí la lógica. "Más de lo que crees. Gracias, Mary Ann. Te lo agradezco de verdad".

"Cuando quieras, cuando quieras. Mira, odio correr, pero tengo que ir al juzgado".

MARY ANN ERA ALGO. Lo que ella dijo tenía mucho sentido; dio en el clavo. No había duda de que iba a intentar por todos los medios dejar pasar el caso Barrow. Como mínimo, me lo debía a mí mismo y a ella. Se lo merecía.

Me pregunto por qué nunca se casó. Tal vez ser policía alejó a muchos pretendientes. Fue una lástima. Vargas era una mujer dulce y comprensiva, y también bastante guapa. Se merecía a alguien que supiera apreciarla, pero había muchos chiflados por ahí.

Hablando de chiflados volví a Stewart. Qué enigma. Pensé en mi visita con él, la cual seguía molestándome. Aunque lo del auto no resultó, no había duda de que a Stewart no le gustaba verme en su puerta. Para ser justos, toda la gente, incluso las personas más honestas, se ponen nerviosas con los policías. ¿Pero Stewart? Me pareció oler el miedo que desprendía.

No estaba tan bien vestido como de costumbre, y su casa estaba desordenada. Pero había llegado sin avisar. Tal vez era como todo el mundo y se arreglaba solo cuando venía gente. Pero la forma en que había ocultado información olía como si estuviera protegiendo a alguien. La posibilidad más probable era Robin, pero ya no la veía como una asesina.

Me sentía un poco molesto conmigo mismo por haber impulsado la teoría de que ella y Phil planearon esto para cobrar el dinero del seguro. Esa teoría se desmoronó cuando el cuerpo hinchado de Gabelli fue sacado de Clam Pass. La parte de la conspiración se esfumó, pero eso no significaba que ella no tuviera nada que ver con la muerte de su marido. En su cuenta bancaria había tres millones de dólares de motivación. Además, tenía un saco lleno de problemas conyugales.

LUCA

A veces hay que ir detrás de las cosas como un loco, y a veces simplemente te caen en el regazo. Terminé la llamada y colgué el teléfono.

"No vas a creer esto, Vargas, pero ese era Goren".

"¿Quién?".

"El dueño de la constructora, Simmons Construction, para la que trabajaba Gabelli".

"Oh, sí, es un asqueroso. Casi se le cae la baba cuando fui a verle".

"Oh, ¿entonces tengo algo en común con él?".

Vargas sonrió, y me pareció que había un atisbo de rubor en sus mejillas.

"En fin, me dijo que habían descubierto lo que, según él, parecía un fraude en un contrato del que Gabelli era responsable".

Vargas se inclinó hacia delante. "¿Creen que estaba robando?".

"Eso parece. Goren dijo que Gabelli firmó una transferencia para un proyecto que estaban construyendo en Barbados a un destinatario cuyo nombre era lo bastante parecido como para pasarlo por alto. Siguieron el dinero y, en cuanto llegó la transferencia, rebotó en otro banco de San Martín antes de ir a un banco de las Islas Caimán, donde desapareció".

"¿De cuánto estamos hablando?".

"Seiscientos mil".

"Seiscientos mil es mucho dinero. ¿Cómo tardó tanto en aparecer?".

"Dijo que era un proyecto a largo plazo, de varios edificios, que llevaba en marcha un par de años, y cuando terminó un contratista dijo que había un saldo pendiente".

"¿Y ahora qué?".

"Están haciendo una auditoría, pero esto podría ser la grieta en el huevo".

"Sin duda".

"Gabelli tenía buenas razones para largarse, sobre todo si descubren algo más".

Vargas asintió. "O estaba robando para cubrir sus deudas de juego".

"No sé, podría ser que cubriera sus pérdidas sabiendo que esto saldría a la luz y se largara antes de que lo hiciera".

"Plausible".

Tuve que estar de acuerdo. "Sí, definitivamente en la mezcla, pero necesito más información antes de descartar que se llevara el dinero y lo repartiera, tal vez incluso con otro de sus compañeros de juego".

"¿Crees que estaba trabajando en el fraude con otra persona y que cuando llegó el momento de repartirse el dinero Gabelli dijo que no?".

Asentí. "O se jugó el dinero. No lo tenía y al final le dieron una paliza".

Mi móvil zumbó. Era Kayla. Salí y contesté: "Hola".

"Frank, hola, soy Kayla".

"Hola, ¿cómo estás?".

"Estoy bien, pero ¿cómo te sientes?".

"Al ciento cincuenta por ciento. Todo ha vuelto a la normalidad".

"Estupendo. ¿Qué ha pasado?".

"Tuve que operarme, tenía un par de pequeños tumores en la vejiga, de todos los lugares".

"Dios mío. Eso debe haber sido aterrador para ti".

"Digamos que no necesitaba el drama, especialmente en medio de mi primera cita con ya sabes quién".

"Llamé para ver cómo estabas, ya sabes".

"Gracias, me lo dijo mi pareja. Quería llamarte, pero no tenía tu número, y las cosas eran un desastre, por no decir otra cosa".

"¿Pero ahora todo va bien?".

"Absolutamente. Estuve fuera de servicio un par de meses. Me estaba volviendo loco sin nada que hacer".

"Yo hubiera estado en la playa todos los días".

"Iba bastante a menudo, pero, en fin, me costó un poco dar con tu número. Serías una buena espía".

Sonó como música cuando se rió. "La verdad es que no".

"Sería estupendo volver a vernos. Además, todavía te debo una cena. ¿Por casualidad tienes planes de volver a venir?".

"Me encantaría, pero de momento he estado ayudando a mis padres. A mi padre le han extirpado un pulmón".

"Siento oírlo. ¿Cómo está?".

"Bastante bien ahora. Le operaron hace unos cuatro meses y le iba bien, pero contrajo una infección grave y tuvo que ser hospitalizado de nuevo. Luego estuvo un tiempo en rehabilitación, pero ahora está empezando a recuperarse".

"Debe de ser duro para tu madre".

"Lo es. Mi padre lo hacía todo, y ahora mamá corre de un lado para otro intentando cubrir las bases mientras trabaja a tiempo completo".

"Bueno, estás haciendo lo correcto al estar ahí para ellos".

"Estoy feliz de ayudarles. Pero no es que no quiera gritar a veces". Ella se rió.

"Ya lo creo".

Charlamos sobre el tiempo, su trabajo y luego sobre los casos en los que yo estaba trabajando antes de que empezáramos a dar por terminada la llamada.

"Usé todo mi tiempo libre y más con la cirugía y todo, pero tal vez me escape y te vea un fin de semana".

"Eso estaría bien".

"Genial. Tal vez en un par de semanas, ¿te vendría bien?".

"Me encantaría, pero esperemos a que las cosas se calmen con mi padre. Odio que vengas y yo esté atada con ellos".

"Me parece que tenemos un plan".

LUCA

Robin no parecía sorprendida de vernos, lo que me dejó pensativo mientras tomábamos asiento en las sillas giratorias. Esta vez no estaba coqueta. ¿Era porque Vargas estaba cerca o porque había estado jugando conmigo?

Me dijo: "¿Hay algo que tengan que decirme sobre Phil?".

Vargas respondió: "Tenemos algunas preguntas sobre su marido y el trabajo que hacía".

"¿Su trabajo? ¿Qué tiene eso que ver con su asesinato?".

Le dije: "¿Sabía usted que su marido estaba involucrado en un complot, estafando a su empleador?".

Sus hombros se hundieron. "¿Phil estaba robando?".

Vargas dijo: "¿No tenía conocimiento de ello?".

"¡Claro que no! No lo entiendo. ¿Qué estaba pasando?".

Le dije: "Phil gestionaba el proyecto Sweet Bay para Simmons. Se hizo un gran pago, que él solicitó personalmente, y se transfirió a una cuenta no relacionada con el contratista".

"No estoy segura de entenderlo. ¿Por qué iba Simmons a transferir dinero a una parte diferente?".

Vargas respondió: "El dinero se envió a una cuenta de Sweet Bay, pero no tenía nada que ver con un proyecto que él dirigía.

Parece que él, y creemos que un coconspirador, crearon una cuenta con un nombre muy similar, en este caso Sweet Bay LLC en lugar de Sweet Bay Resort".

"¿De cuánto dinero estamos hablando?".

"Seiscientos grandes", dije.

Ella jadeó: "¿Seiscientos millones?".

Le dije: "No, seiscientos mil".

"Oh, cuando dijiste grande, pensé...".

Le contesté: "De donde yo vengo, cien mil es mucho".

Vargas dijo: "No es mucho comparado con tres millones, ¿verdad?".

"¿Qué se supone que significa eso?".

"Nada, solo saco a relucir el dinero del seguro".

"Eso no tiene nada que ver con...".

"Señoras, volvamos al dinero, al parecer, fue robado por el marido de Robin".

"¿Estás seguro de que Phil estaba involucrado?".

Dije: "Me temo que no hay duda. Él ordenó la transferencia. El dinero no permaneció en el primer banco más de un parpadeo. Luego rebotó en al menos otras tres instituciones antes de desaparecer en las Islas Caimán".

"Alguien podría haber hecho parecer que él pidió la transferencia".

Dije: "Cierto, pero su nombre estaba en una cuenta, en el Royal Bank of Scotland de Barbados, creo que era. No hay ningún Philip Gabelli en Barbados. Y la cuenta se abrió a distancia desde una sucursal en Fort Myers. Eso no es una coincidencia, señora, lo llamamos pruebas".

Robin se desplomó aún más en su silla, pero permaneció en silencio.

Vargas dijo: "¿Sabe de alguna cuenta que su marido pudiera tener en un banco o cooperativa de crédito?".

"Ninguna que yo sepa".

Le dije: "¿Se le ocurre alguien que haya podido estar involucrado con su marido en esto?".

"Todavía no puedo creer que hiciera esto, y menos que alguien le ayudara".

"Sabemos que a Phil le gustaba apostar, y se metió en un par de líos, debiendo dinero a la gente equivocada".

"Todo lo que tenía que hacer era venir a mí, como lo hizo en el pasado".

Le dije: "¿Pero no le dijo a Dom Stewart que estaba harta de sacar a Phil de sus problemas con el juego?".

"¿Cree que me gustaba tirar mi dinero duramente ganado a un corredor de apuestas para cubrir sus pérdidas? Claro que estaba enfadada, pero eso no significa que no le ayudara".

Le dije: "Tal vez tenía la sensación de que no lo haría. Quizá los corredores de apuestas le estaban presionando. Quizá no tenía a quién recurrir y la presión le hizo robar".

"Entonces, ¿es culpa mía?".

Vargas dijo: "Eso no es lo que está diciendo".

Le pregunté: "¿Qué cree que es más probable, que robó el dinero para pagar una deuda de juego, o que robó el dinero y lo iba a utilizar para empezar una nueva vida en otro lugar?".

"Ya no sé qué pensar. Esto es una locura: desaparece, lo encuentran asesinado, ¿y ahora esto? ¿Realmente creen que fue él?".

Dije: "Eso parece".

"Pues le aseguro que no tenía ni idea y me cuesta creerlo. Tiene que haber una explicación".

Le dije: "Vamos a seguir investigando esto".

VOLVIMOS AL AUTO.

"Vaya barrio, Vargas. ¿Ves el blanco de la izquierda? Es mi favorito".

"Las casas son bonitas, pero no me gusta estar aquí atrás".

"¿Por qué?".

"No sé, no hay aceras y tiene un aire un poco viejo".

"Serías un buen agente, tal vez cuando te jubiles".

"No, gracias".

Cuando llegamos a Pine Ridge, dije: "No sé, Vargas. No me cuadra. Roba el dinero, o eso creemos".

"¿Cómo puedes decir eso? Tiene las manos metidas en todo esto".

"Cierto, así que digamos que organiza el plan. Roba los seiscientos mil para cubrir una deuda de juego o para huir a alguna isla del Caribe".

"Exacto".

"Entonces, ¿cómo es que termina en el fondo de Clam Pass?".

"Consigue el dinero, paga su deuda, enfada a la mafia y le machacan".

"No. Gabelli es un cajero automático para ellos. Con números como seiscientos K, le conseguirían limusinas".

"Vale, consigue el dinero, y alguien ajeno a las casas de apuestas lo sabe y eso lleva a su asesinato".

"No me trago lo de las apuestas. Habríamos oído algo si le hubiera apostado a Thumbs seiscientos mil. Y no olvides que estarían acosando a la señora si la deuda siguiera ahí".

"Entonces, ¿por qué robó el dinero?".

"¿El dinero significa algo?".

"Por supuesto que sí".

"En todo caso, estaba planeando desaparecer. Eso encaja, ya que uno pensaría que el robo saldría a la luz tarde o temprano. A menos que tuviera alguna forma de mantenerlo oculto".

"Estas cosas siempre salen a la superficie. Por eso muchas

empresas obligan a la gente a tomarse dos semanas seguidas de vacaciones".

"¿Qué tal si alguien más hizo parecer que Gabelli robó el dinero? ¿Cómo es que esto surgió de repente tan pronto como Gabelli estaba en la nevera?".

"Hum. Eso está sacado de la manga, Luca, pero me gusta el razonamiento. Tiene sentido".

Tal vez no me estaba convirtiendo en papilla después de todo.

Dije: "No hay duda de que el dinero es interesante, y he perseguido a un montón de sinvergüenzas por mucho menos que seiscientos de los grandes, pero tal vez el dinero no tenga nada que ver con esto".

"Pero siempre dices que no hay coincidencias en el crimen, que se llama evidencia".

"Está bien que prestes atención, Vargas, pero el dinero es una prueba de robo, no de asesinato".

STEWART

"La visión sin acción es un sueño despierto. La acción sin visión es una pesadilla" — *Proverbio japonés*

Tomé otra dosis de mi nebulizador.

No sé qué me pasó. Esta perra me estaba jodiendo la cabeza. Tengo que cambiar, abandonar el plan original. Me quema saber que el Señor Oficinista se quedó a dormir en su casa. Todo el maldito fin de semana.

Pasé, ¿cuántas, diez, doce veces? Cada vez que lo hacía, me ponía más nervioso. ¿Por qué seguía yendo? Si me lo hubiera quitado de la cabeza, las cosas no se habrían salido de control. ¿Quién abre la puerta sin camisa? Me desconcertó, y cuando Robin llegó a la puerta con la camisa medio desabrochada, realmente perdí la cabeza.

Esto no era bueno. Estaba perdiendo el tiempo. Mi vida se estaba acabando y yo seguía sentado en una vieja cochera. Aquella cita era cierta, 'Nunca serás capaz de encontrar la felicidad si no sigues adelante'.

¿Era el momento de calentar las cosas con Melissa? Eso es lo que parecía. Pero puse mucho tiempo en esto, y había una cosa más que tenía que intentar antes de seguir adelante.

No me gustaban los perros. En absoluto. Corren afuera y luego saltan sobre tus muebles. Es una locura. Pueden ensuciar las cosas, y algunas personas incluso los dejan dormir en su cama. De ninguna manera eso va a pasar bajo mi techo.

A Robin le encantan los perros, siempre quiso uno, pero Phil no. Verás, Phil y yo, pensábamos lo mismo sobre muchas cosas. Por eso éramos grandes amigos. Los perros eran solo otro ejemplo donde nos alineábamos como soldados.

Phil se resistió a los intentos de Robin de tener un perro al menos una docena de veces que me contó. Ella le pegaba especialmente fuerte cuando estaba a la defensiva por haberse ausentado. Como con los niños, Phil no quería atarse más de lo necesario.

Empecé a navegar por internet, sabiendo que si tenía que ser un perro, tendría que ser pequeño y, por supuesto, que no soltara pelo. Tal vez podría ser entrenado para hacer sus necesidades en el interior, por lo que se mantendría limpio. Eso dependería de Robin, pero yo tendría que influir. Me decidí por un maltés. A Robin le gustaban y a mí me parecían los más bonitos.

El criador estaba en el este, en Pine Ridge Road, y tenía tres camadas de malteses para elegir. Los de tipo taza de té eran los más pequeños, pero no iba a pagar el sobreprecio, así que elegí una bola de pelo blanco hembra que tenía dos semanas.

Era muy delicada y me cabía en la palma de la mano. Cuando salí de allí había cargado más de mil seiscientos dólares en dos tarjetas, y aún tenía que comprar una jaula y demás parafernalia para cachorros.

Puse una sábana de plástico y luego una toalla en el asiento delantero y el cachorro se durmió mientras yo conducía. No emitió ni un gemido y parecía muy tranquilo. Se me levantó el ánimo. Esta iba a ser una de mis mejores ideas. Llamé a Robin y le dije que tenía que verla inmediatamente. Me molestó con su actitud evasiva, pero finalmente accedió.

SOSTENIENDO al cachorro contra mi estómago, toqué su timbre. Robin apareció en la puerta con chanclas rosas, una camiseta de los Beatles y pantalones cortos, pero sin sonrisa. Levanté al cachorro y ella dijo: "Dios mío, es tan mono". Acarició al cachorro y me dijo: "¿De dónde la has sacado?".

"Me la dio un criador del este y es toda tuya".

"¿Qué?".

"La compré para ti. Sé que siempre quisiste un perro, pero Phil no te dejaba".

Me devolvió el cachorro. "Pero yo, yo, no puedo aceptarlo".

"Está bien, es un regalo mío para ti".

"Pero no quiero un perro".

El cachorro empezó a lloriquear.

"¿Qué quieres decir? Siempre dijiste que querías uno".

"Lo sé, pero ahora no es el momento".

"Es el momento perfecto. Será bueno para ti".

"No puedo cuidarla".

"Siempre dijiste que querías un perro, pero Phil te lo impidió, y ahora lo tienes".

"No puedo atenderlo. No olvides que Phil tenía flexibilidad durante el día. Podía venir y cuidar de ella".

"Puedes hacerlo".

"No quiero estar atada preocupándome por un perro. No es justo ni para mí ni para ella".

Y así fue. No podía entender su resistencia y empezamos a discutir. Estaba harto de intentar hacer lo correcto y que me saliera el tiro por la culata. No podía seguir intentando convencerla, así que, con el cachorro llorando en la palma de la mano, marché hacia mi coche y volví para devolver el perro. Como insulto final, el criador me cobró quinientos dólares de "tramitación" por devolver el cachorro.

LUCA

Dormí casi toda la noche. ¿Fue la charla con Mary Ann? Era la primera vez que recordaba haberlo hecho en mucho tiempo, y me sentía fresco mientras sorbía mi café matutino. Estaba leyendo un diario forense cuando sonó mi teléfono.

"¿Detective Luca? Soy Robin Gabelli".

Sonaba tan formal como nunca la había oído.

"Buenos días. ¿Qué puedo hacer por usted?".

"Puede que no sea nada, pero fue inquietante. No pude dormir anoche".

"¿Qué le molesta?".

"Bueno, anoche era tarde, pasadas las once, y Dom vino a mi casa".

"¿Stewart?".

"Sí, Dom Stewart".

"Vale, ¿qué pasó?".

"Bueno, tenía compañía, un amigo se quedaba a dormir, y Dom empezó a despotricar".

"¿Un amigo hombre?".

"Sí".

"¿Le agredió Stewart?".

"No, pensé que lo haría. Empezó a insultar y a amenazar".

"¿Qué tipo de amenazas?".

"Eso es lo que quería decirle. Dijo que mataría a Michael igual que hizo con el otro tipo".

"Más despacio. Michael, ¿es su amigo el que se quedó a dormir?".

"Sí, es un amigo del trabajo".

"¿Stewart nunca le puso una mano encima a Michael o a usted?".

"No. Solo estaba gritando. Daba miedo, y cuando dijo que lo mataría como hizo con el otro tipo me quedé paralizada. ¿Cree que se refería a Phil? Eran amigos, no puede ser, ¿verdad?".

"A veces la gente dice cosas para causar efecto. No significa que sea verdad".

"No, no, esto era diferente. Él era, como el mal personificado. Se lo digo; lo conozco desde hace mucho tiempo, y me dio escalofríos".

Quería decir, ¿el tipo con el que te metiste en la cama ahora te da escalofríos? Pero pregunté: "¿Qué pensó su amigo de la amenaza?".

"Piensa que Dom es totalmente inestable y que probablemente es el tipo que mató a Phil".

"¿Por qué está tan seguro?".

"No es la primera vez que Dom lo amenaza".

"Nunca informó de un incidente anterior".

"No pensé que fuera para tanto en ese momento. Verá, Dom siempre quiso tener una relación conmigo. Sé que es culpa mía por aquello de una vez. Pero hace unos meses, salí con Michael a Brio en Waterside y Dom nos vio, y decir que no estaba contento es quedarse corto".

"¿Se puso físico?".

"No, no realmente. Dom estaba enfadado conmigo, y cuando Michael le pidió que nos dejara en paz, metió el dedo en el pecho de Michael y dijo algo así como que limpiaría el suelo con él si se metía en sus asuntos".

"¿Cómo terminó?".

"Uno de los mozos se acercó y Dom se alejó murmurando para sí mismo, como un completo loco".

"Podría ser el momento de conseguir una orden de alejamiento".

"¿Para que no pueda acercarse a mí?".

"Podría intentar eso, pero sería más fácil al menos conseguir una que lo mantuviera alejado de su casa".

"¿No pueden detenerlo? Dijo que mató a alguien, y podría ser Phil".

"Necesitamos algo más que rumores".

"No son rumores. Michael también lo oyó. Ambos lo oímos. Si lo hubiera visto anoche, no lo estaría ignorando".

"No lo estoy descartando, pero no es un crimen decir cosas, incluso si son locas".

"¿No cree que lo hizo?".

"No es cuestión de creer; lo que necesitamos son pruebas".

"Pero dijo que había matado a alguien".

"Lo entiendo, pero podría haber estado intentando intimidar a su amigo".

"¿Así que eso es lo que cree que fue, intimidación?".

Tenía que recuperar el control. "Espere aquí, señora Gabelli. En este momento, no hay base legal para detener a Stewart. Sin embargo, puede estar segura de que esta información será tomada, como toda la información, en consideración. Ahora, creo que debería considerar seriamente obtener una orden de restricción. Si decide solicitarla, estaré encantado de ponerme en contacto con la fiscalía y proporcionarle los detalles del caso en su nombre".

LUCA

Los delitos financieros eran algo en lo que había trabajado un puñado de veces en Nueva Jersey. Todos esos casos de Jersey iban dirigidos contra las legiones de funcionarios corruptos que infestan el llamado Estado Jardín. Habíamos acabado con varios alcaldes y concejales, pero, como las cucarachas, una nueva generación de sustitutos salía de la nada.

Después de que un camión de jardinería embistiera por detrás a los principales detectives de la Unidad de Delitos Financieros de Collier, Vargas y yo nos incorporamos a su caso, que se encontraba en un momento crítico. Hay mucho dinero, y me refiero a mucho dinero, en Naples. Se podría pensar que todo ese dinero y la astucia de la gente que lo tiene les hace inmunes a ser desplumados.

Pues bien, eso es una equivocación por dos razones principales. La primera es la codicia, que afecta incluso a los más ricos. La otra, a menudo infravalorada, es lo que yo llamo el "juego de la información privilegiada", y está directamente relacionada con el ego. Algunas personas tienen una necesidad insaciable de estar dentro de las cosas, de tener conexiones y acceso que otros no tienen.

John Seymour entendió esto y lo explotó hasta alcanzar los cincuenta millones de dólares. Y lo hizo en un tiempo récord. Cuando leí el expediente del caso, tuve que contenerme para no admirarle. Mientras los incompetentes reguladores buscaban al próximo Madoff, este tal Seymour, que se jactaba de sus orígenes en Sacramento, se forraba en efectivo para supuestamente financiar empresas nuevas de Silicon Valley.

El problema era que no había ninguna empresa, y lo único que consiguieron los inversores fue jugar a la fanfarronería de cóctel durante varios meses. Estoy bastante seguro de que, aunque los inversores no recibieron un rendimiento financiero por su dinero, para algunos el dividendo social fue más que suficiente.

Eso, si no se filtraba la noticia de que habían sido estafados. Seymour lo sabía y lo utilizó hábilmente contra la gente que hacía cola para darle dinero. Fue la razón por la que el fraude duró tanto tiempo. Nadie quería dar la cara. Tenían miedo de que se corriera la voz y su reputación se viera manchada. Quién sabe, ya no les invitarían a las mejores fiestas.

Sin embargo, una persona presentó una denuncia, una anciana luchadora llamada Martha Notingham. Vivía en una finca antigua en el golfo y solo le había dado a Seymour, y lo digo a la ligera, doscientos mil. Era una gota en el océano para Notingham, pero le molestaba que rara vez le devolviera las llamadas. ¿Quién sabe cuánto tiempo Seymour podría haber operado su pequeña estafa si solo la hubiera engatusado un par de veces?

Fue idea de Vargas que los dos actuáramos como parientes de Notingham, buscando invertir junto a ella. Yo interpretaba a su sobrino, y Vargas era mi esposa. No sabía si lo que lo hacía surrealista era que nunca antes había actuado de incógnito o que Vargas insistiera en cogerme de la mano durante la reunión. En cualquier caso, fue la codicia de Seymour lo que le hizo tragarse nuestro pequeño espectáculo. No me quedó claro si Notingham estaba siendo ella misma o interpretando su papel, pero a mí me olía a realeza inglesa. Era una dama impresionante, y no había duda de que estaba disfrutando de su papel de vencer a Seymour en su propio juego.

Entregamos al fiscal los documentos y las instrucciones de cableado que Seymour nos había pedido. Trabajaron con la Comisión Bancaria de Florida y la Oficina de Regulación Financiera para desarrollar una pista procesable y rápidamente nos dieron el visto bueno.

Dreymore, un ayudante del fiscal, Vargas y yo nos sentamos alrededor de una mesa de conferencias. Conectamos el dispositivo de grabación y realicé la llamada.

"Hola, señor Seymour. Soy Jonathan Notingham".

"Hola, Jonathan. Es un placer saber de ti".

"Al igual que lo es hablar con usted. Hemos hecho revisar la documentación por nuestro abogado de la oficina familiar, y aunque pensó que deberíamos cambiar un poco el lenguaje, creo que son modificaciones menores, y estamos cómodos siguiendo adelante con el papeleo tal como está".

"Es maravilloso oír eso. Tengo que decir que llega en un momento excelente. Formarás parte de una emocionante oportunidad que me acaba de ofrecer un antiguo contacto en el valle".

"Maravilloso. Dicen que el momento oportuno lo es todo".

"Seguro que lo es. No me gustaría que te lo perdieras. ¿Vas a transferir los fondos pronto?".

"Ya he dado instrucciones a nuestros banqueros. Se están haciendo los arreglos mientras hablamos, y si esto da los beneficios que dijiste, habrá más inversiones".

"Así será, puedes contar con ello".

"Excelente".

"Lo siento, señor Notingham, pero llego tarde a una reunión de inversión con un par de titanes de la tecnología. Hablaremos pronto y saluda a tu tía de mi parte".

Me despedí y colgué.

Vargas dijo: "Bien hecho, señor Notingham".

Dreymore dijo: "Tiene razón, no sospechaba nada".

"Es la codicia, ciega a la mayoría de la gente", dije.

Vargas dijo: "¿Seguro que es capaz de mantener nuestras manos en el dinero? No me gustaría pensar que Seymour va a ser más astuto que nosotros".

Dreymore dijo: "No te preocupes. Hemos alertado a todo el mundo a lo largo de la cadena, y la transferencia está marcada. Sabremos adónde va el dinero. Incluso si se mueve al extranjero, como sospechamos que lo hará".

Le pregunté: "¿Y si va a las Islas Caimán o a la Isla de Man?".

"No importa, paraíso del dinero o no".

"¿Los bancos están jugando?".

"No tienen elección; han sido notificados".

Saqué la cinta de la grabadora, la etiqueté y la puse en el archivo del caso mientras Dreymore se marchaba.

"Oye, Vargas, ¿quieres comer algo en Chipotle? Atrapar ladrones me abre el apetito".

¿"Chipotle"? Señor Notingham, un hombre de sus medios no debería frecuentar esos establecimientos".

"Perdóname, querida. Visitemos Nemo's".

"Si pagas tú, me apunto definitivamente, es decir, siempre que podamos entrar".

"¿Sabes qué? Nos lo merecemos".

Volví a encender mi teléfono y había un mensaje de voz.

"Tengo un mensaje de Bilotti".

"¿Qué dice?".

"Llegó el informe toxicológico de Gabelli. Dijo que no había rastros de nitrito de amilo, pero encontraron algo más".

"¿Qué?".

"No lo dijo, dijo que lo llamara".

Lo llamé, pero estaba en medio de una autopsia.

LUCA

La luz roja estaba encendida sobre la puerta de la suite utilizada para examinar restos infecciosos o quemados.

Maldita sea, ¿cuánto tiempo iba a llevar esto? Miré por la ventanita de la puerta. Bilotti estaba encorvado sobre lo que parecía un cuerpo quemado, hablando por un micrófono mientras abría un abdomen carbonizado. Vi cómo cortaba una muestra y la vertía en una bandeja de acero inoxidable con forma de riñón. Fue lento. Me fui a buscar un cuarto de baño y una taza de café.

Cuando volví, Bilotti estaba cubriendo el cadáver con la sábana. Hizo rodar la camilla hasta una cámara frigorífica e hizo una llamada rápida. Se quitó los guantes y empezó a lavarse las manos tan despacio que golpeé la puerta. Miró, cogió una toalla y se dirigió hacia allí.

"Hola, doctor".

"Lo siento, Frank, no tengo tiempo".

"Te prometo que será rápido".

"Sabes que no trabajo solo en homicidios, ¿verdad, Frank?".

"Lo sé, lo siento. Es que tu mensaje me dejó intrigado. Dijiste que había aparecido algo. ¿Qué fue?".

"Como mencioné, no había rastros de nitrito de amilo, pero

amplié la solicitud de toxicología y apareció un buen nivel de terbutalina".

"¿Terbutalina? ¿Qué es eso?".

"Es un broncodilatador. Ayuda a abrir las vías respiratorias de una persona para facilitar la respiración. Se receta para enfermos de enfisema y asma".

¿Asma? Una visión de Stewart chupando su inhalador inundó mi cabeza.

"Pero por lo que sabemos, Gabelli no tenía ningún problema con su respiración, ¿verdad?".

"La víctima no tenía problemas respiratorios conocidos, y su historial médico no tiene indicios de que estuviera tomando ningún medicamento recetado para uno".

"¿Hay alguna otra razón por la que una persona tomaría estas cosas?".

El doctor sonrió. "El único otro uso que conozco es para retrasar el parto".

"¿Quieres decir cuando una mujer está dando a luz?".

Asintió. "En ciertos casos de parto prematuro, los médicos lo administrarán para retrasar el nacimiento con el fin de mejorar la salud de un bebé prematuro".

"Nunca había oído hablar de eso".

"A veces puede retrasar el parto un par de días, y eso es fundamental para la salud de un bebé prematuro. Por supuesto, como todos los medicamentos, hay riesgos, sobre todo para la madre".

"¿Hay alguna forma de drogarse con ella?".

"No. De hecho, puede causar un ataque al corazón cuando se usa en exceso".

"¿Qué cantidad de terbutalina causaría un ataque al corazón?".

"Eso es difícil de decir. Dependería de la salud y la masa corporal".

"Vamos, Doc, estamos hablando de Gabelli. ¿Cuánta se necesitaría para causarle un infarto?".

"No soy un experto en esta medicación".

"Gabelli tenía alcohol en su sistema. ¿Eso contribuiría?".

"No podría ayudar, pero de nuevo no estoy muy familiarizado con las interacciones".

"Gracias, Doc, de verdad, te lo agradezco. Tengo que irme".

Marqué un número en mi celular.

"Vargas, tenemos la oportunidad que hemos estado esperando. Bilotti, bendita sea su cola de bisturí, hizo una prueba extra, y bingo, apareció alguna droga usada para el asma".

"¿Gabelli tenía asma?".

"No, pero su amigo Stewart sí".

"Crees que él...".

"Ahora mismo lo parece, pero llevamos tanto tiempo persiguiendo susurros y fantasmas que tengo que intentar mantenerlo bajo control. Mira, llama a nuestro farmacéutico y consigue toda la terbutalina que puedas".

"¿Cómo se escribe eso?".

"T-e-r-b-u-t-a-l-i-n-a. Estoy en camino".

ME ARRANQUÉ el saco y lo arrojé sobre una silla.

"¿Qué tienes, compañera?".

Vargas levantó una hoja de notas. "La terbutalina abre las vías respiratorias para facilitar la respiración. Generalmente solo se receta cuando los inhaladores no funcionan". Dice que tiene muchos efectos secundarios y que puede afectar al corazón. Hace que el corazón se acelere, y dijo que se creía que debilitaba los corazones, especialmente en mujeres embarazadas".

"¿Qué formas tiene?".

"Inyectable y en forma de píldora".

"¿Cuánto se necesitaría para causar una sobredosis y provocar un ataque al corazón?".

"No quiso especular, pero dijo que es un fármaco muy peligroso y que solo debe recetarse si no hay alivio con los inhaladores. Ah, y escucha esto, dijo que una simple dosis de cinco miligramos eleva el ritmo cardíaco en un treinta por ciento".

"Vaya, es una pastilla diminuta. Deberías haberle presionado".

"Lo hice, Frank. No se comprometió, así que le pregunté qué pasaría si a alguien le dieran cinco o diez veces la dosis. Dijo que la forma inyectable funciona súper rápido y llevaría al corazón a su límite".

"Stewart podría haber picado a Gabelli con una aguja".

"Puede ser, pero también dijo que mezclarlo con alcohol exageraría el efecto, lo que se llama —Vargas miró sus notas— cardiomiopatía. Lo que podría provocar un paro cardíaco repentino, un infarto masivo".

Sentí un pinchazo en el costado mientras decía: "Me pregunto qué habrá bebido Gabelli".

"¿Estás bien, Frank?".

"Sí, ¿por qué?".

"Hiciste un gesto como si te acabara de doler algo".

"Tengo un pequeño pinchazo en el costado".

"¿Es la primera vez?".

No podía mentir. "Lo he tenido dos o tres veces. No es para tanto. ¿Qué más dijo?".

"¿Se lo dijiste al médico, Frank?".

"Dijeron que podría ser solo tejido cicatricial".

Mientras Vargas me miraba fijamente, sentí el costado como ensartado. "Ouch". Me doblé.

"Eso es todo, Frank. Voy a llamar a una ambulancia. Vas a ir al hospital".

El dolor era punzante, pero dije: "No. Yo conduciré".

"No estás en condiciones de conducir".

Me agarré el costado. "Espero que no pase nada. No me siento bien, Mary Ann".

"¿Cómo se llama el médico que te operó?".

Vargas llamó a una ambulancia y avisó a mi cirujano. En el camino a la sala de emergencias, no podía dejar de creer que mi cáncer había regresado. El dolor era fuerte, muy fuerte. Ver la trampilla que se abría para sacarme del escenario de la vida me asustó muchísimo. Alcancé la mano de Vargas. Gracias a Dios, estaba en la ambulancia.

STEWART

"Todas las oportunidades que necesitas en la vida esperan dentro de tu imaginación. La imaginación es el taller de tu mente, capaz de convertir la energía mental en logros y riqueza" — *Napoleón Hill*

El sol me calentaba la cara mientras bajaba las escaleras. Me sentía muy bien esta mañana y estaba durmiendo mucho mejor desde que me separé de Robin. La decisión no fue fácil, pero debería haberlo sido. Lo único que no podemos crear es el tiempo, y sé que no hay que malgastarlo. No cometas más errores con eso.

El Mustang no era un Porsche, pero no quedaría bien conducir un 911 con una chica cuyo padre era dueño de un par de concesionarios Ford. Ciertamente no era el dinero; tenían mucho. No tanto como Robin después de conseguir el dinero del seguro, pero Melissa no tenía hermanos ni hermanas, así que me venía bastante bien.

Yo no sabía nada del negocio de los coches, pero eso no

impidió que Melissa, que era la directora general de sus salas de exposición, me contratara como subdirector de la tienda de Bonita. Lo mejor fue decirle a Greely que estaba harto de sus tonterías y renunciar. No pude resistirme a lanzarle unos cuantos insultos mientras me iba. Me sentí bien al ejecutar por fin ese plan.

Las dos primeras semanas en Ford no hice gran cosa, me limité a familiarizarme con todo el mundo, pero era un concesionario muy concurrido y no me gustaban los horarios. Abrían de nueve a nueve, seis días a la semana, y los domingos de once a cinco.

Eso quitaba un montón de horas a la vida de cada uno. Yo echaría las horas ahora, pero dentro de un par de meses me apoyaría en Melissa para trabajar con el viejo. No querría privar a su hija de una vida hogareña, ¿verdad?

Tenía que seguir recordándome que dejara de comparar a Melissa con Robin. La cosa con Melissa era que tenía que jugar a largo plazo. No tenía la liquidez de Robin; descubrí que solo ganaba ciento diez al año. Eso no llegaba muy lejos, y a mí solo me pagaban ochenta y cinco. Su padre era un hombre de sesenta y seis años en buena forma, así que la paga aquí estaba muy lejos.

La otra cosa que me molestaba era que, aunque Melissa había crecido con dinero, no tenía el estilo de Robin. En casi todas las categorías, Robin la superaba. Melissa no vestía especialmente bien. Odiaba los trajes de pantalón desaliñados que llevaba al concesionario. Y me molestaba cuando me decía que usara pantalones cortos cuando salíamos a comer.

Oh, había una cosa más: su casa. Melissa vivía en un viejo edificio de poca altura en Park Shore que estaba pintado de un embarazoso amarillo canario. Decía que el lugar era cómodo, práctico y sin deudas. Se puede añadir, amueblado como si una persona de ochenta años viviera allí.

Tendría que reevaluar la línea de tiempo para esta relación.

Tal vez me llevaría un poco más de tiempo de lo que pensaba, pero si jugaba bien mis cartas y me ceñía al plan, encontraría la manera de prosperar. Pero primero, esperaría otros tres meses y luego le diría que deberíamos irnos a vivir juntos. Así podría salir de mi casa y reducir mis gastos. No tenía nada de patrimonio, pero me quedaría con unos treinta mil dólares para pagar la deuda de la tarjeta de crédito.

Luego trabajaría con ella para mejorar nuestra vivienda. A ella le gustaba la ubicación. Bien, podríamos mudarnos a uno de esos nuevos rascacielos. Sería estupendo contemplar el brillo del golfo con un cóctel en la mano.

LUCA

Pude ver a Vargas susurrando por teléfono mientras me hacían volver de una prueba. Levanté el pulgar y le sonreí.

"Es solo un cálculo renal".

"Oh, gracias a Dios".

"Dímelo a mí. Pensé que estaba terminado".

"¿Van a romperlo con ultrasonido?".

"Sí. Con suerte, con un tratamiento se romperá. De cualquier forma, me darán el alta después de que lo eliminen".

"Oh, Frank, estaba tan asustada por ti".

"Gracias, Mary Ann, sé lo que quieres decir. Sabes, realmente pensé que el cáncer había regresado y se había acabado el juego".

"No necesitábamos el drama, ¿verdad?".

"Ya lo creo. Pero gracias por venir conmigo. Fue bueno que lo hicieras".

"No hace falta que me des las gracias. Me alegro de que no fuera nada serio".

"No es grave, pero hombre, los cálculos renales son dolorosos como el infierno".

"Lo sé, mi madre los tuvo dos veces".

Me ajusté la bata para cubrirme las piernas. "Hace mucho frío aquí".

Vargas abrió otra bata de hospital y la puso encima de la sábana.

"Gracias. Entonces, ¿en qué íbamos con lo de la medicación Gabelli?".

"Hoy descansa. Lo retomaremos mañana".

"Estoy bien, el analgésico ha funcionado. No podemos perder más tiempo. Hemos estado trabajando en este caso durante demasiado tiempo. O Stewart lo picó con una aguja, o trituró un montón de pastillas y las disolvió en lo que Gabelli estuviera bebiendo".

"Tuvieron que ser pastillas trituradas".

"¿Por qué?".

"En primer lugar, solo tendría una oportunidad. Si le daba con una aguja, tendría que asegurarse de que le entraba toda la dosis. Probablemente habría un forcejeo mientras Gabelli intentaba averiguar qué estaba pasando".

"A menos que un vial fuera suficiente. Dijiste que el farmacólogo dijo que funcionaría rápido".

"Stewart tendría que saber lo que es una dosis mortal, e incluso nuestro hombre no se comprometería a ello".

"Tienes razón, pero tiene asma. Tal vez se enteró por su médico".

"Ha. Tal vez".

"Pero estoy de acuerdo, es probablemente más fácil y más seguro pretriturar un montón de pastillas y ponerlas en su bebida. ¿Pero estas pastillas tienen sabor?".

"No lo sé".

"Compruébalo y házmelo saber. Pero de cualquier manera, tenemos que arrastrar a Stewart y conseguir una orden de registro para su casa".

"Hecho. Es buen plan".

"Ahora sal de aquí y ponte a trabajar".
"¿Seguro que vas a estar bien?".
"Es solo una piedra en el riñón. Saldré de aquí en un par de horas".

Vargas se fue y yo me quedé pensando, mejor dicho, obsesionado, con el caso Gabelli. Tantas informaciones prometedoras no llevaban a ninguna parte. Muchos de esos datos habían apuntado a Stewart, pero ahora este medicamento para el asma era la cuerda que podía atarlo todo.

Tenía que averiguar quién era su médico. Siempre era delicado tratar con la profesión médica. Esos tipos se escondían tras la privacidad mejor que las empresas tecnológicas. En este caso necesitábamos identificar al médico, luego lo único que queríamos del médico era saber si le había recetado terbutalina y cuándo. Conseguiríamos eso y Stewart estaría acabado.

No deberíamos tener demasiados problemas para obtener una orden de registro. Probablemente veamos algo en su casa que nos permita saber el nombre de su médico. Quién sabe, incluso podríamos encontrar algo del arma elegida durante la búsqueda.

Las cosas siempre se equilibran, y sin duda merecíamos un respiro en este caso. Tuve que llamar a Vargas y asegurarme de que incluyera la droga en nuestra orden; y el cuanto al fiscal, para que no se resistiera a emitir la orden, le conté las amenazas que Stewart hizo.

Robin. Me sentí un poco mal por la forma en que la aparté cuando me habló de las amenazas que Stewart dirigió a uno de sus amantes. Pero sabes qué, no fue la más sincera conmigo. Como todo tipo A, pensó que podía manejarme. Ese fue su primer error, pero al final, parecía ser el único, a menos que pudiéramos encontrar pruebas de que estaba conspirando con Stewart.

Necesitaba establecer una estrategia para entrevistar a Stewart. Iba a ser cauteloso; no podíamos esperar que se derrumbara fácilmente. Pero encontraría una manera de hacer una pequeña fractura y clavar mi palanca. No podía esperar. Iba a ser divertido ver a Stewart retorcerse.

Vargas estaba en su escritorio cuando llegué al trabajo por la mañana.

"¿Cómo te sientes, Frankie?".

"Casi como nuevo. Fueron capaces de destrozarlo en una sola sesión. Tendré algo de dolor mientras pasa, pero ya sabes lo resistente que soy".

"Sí, eres un auténtico superhombre".

"¿Alguna noticia sobre la orden?".

"Esposito dijo que probablemente la tendríamos esta tarde".

"Bien, bien. Ahora, ¿cómo vamos a enfrentar a Stewart?".

"Espera un segundo, pensé que te gustaría saber que Gabelli no era un ladrón, después de todo".

"Yo no lo creí. ¿Quién robó el dinero?".

"Fue el CFO en Simmons que orquestó el fraude y lo hizo ver como si fuera Gabelli".

"No hay escasez de personas que buscan culpar de crímenes a los muertos".

"Y de qué forma. Ahora, de vuelta a Stewart".

"Tenemos que averiguar cómo haremos esto. ¿Crees que podríamos traer a Stewart antes o después de la búsqueda?".

Vargas dijo: "Si lo traemos antes, Stewart va a limpiar cualquier cosa que pueda plantear preguntas. Por otro lado, si nos presentamos con la orden antes de hablar con él, estaría realmente en guardia durante una entrevista posterior".

"Lo sé. Pero tengo bastante confianza en que lo descifraremos, aunque esté en guardia. Creo que a los diez minutos pondrá su teflón".

"Podríamos arrestarlo primero, y luego hablar con él. Eso podría sacudirle".

Sacudí la cabeza. "No me gusta. Podríamos conseguir algo que podamos usar pronto. Lo vemos, intentamos despistarlo, quizá suelte algo. Lo arrestamos, su abogado está allí, y no creo que tengamos suficiente para conseguir que el fiscal firme un arresto en este momento".

Vargas frunció el ceño. "Todo es circunstancial".

"A menos que encontremos algo en su casa. Vale, ¿cuál es nuestra teoría sobre cómo mató a Gabelli?".

"Los dos se reunieron en casa de Stewart. Veían deportes y bebían. Stewart había triturado una docena de pastillas y las echó en la bebida de Gabelli".

Le dije: "¿Crees que las puso todas a la vez?".

"Yo diría que pone alrededor del diez por ciento en la primera bebida. Así llega al torrente sanguíneo de Gabelli, y luego carga el resto en la segunda".

"Dos copas le llevarían justo por debajo del límite legal, justo donde la autopsia dijo que estaba su nivel de alcohol en la sangre".

"Después de la segunda copa, Gabelli sufre un infarto masivo y muere".

"¿No estaría entrando en pánico de antemano cuando su corazón comenzó a acelerarse?".

"Claro. Stewart probablemente le habló, tal vez finge llamar a una ambulancia".

Le dije: "Vale, ahora el cuerpo está en el sofá o en el suelo. ¿Qué hace Stewart a continuación?".

"Sabemos dónde encontraron a Gabelli. ¿Por qué no trabajamos hacia atrás?".

"Buena idea, pero antes de seguir adelante, ¿estamos siquiera seguros de que sufrió el infarto en casa de Stewart?".

Vargas dijo: "Stewart necesitaba un lugar donde pudieran

tomar un par de copas. Eso podía ser en cualquier sitio, pero más que eso, necesitaba un lugar privado donde pudiera echarle el medicamento en la bebida, al menos una vez, o clavarle una aguja a Gabelli. Además, no sabría cuál sería la reacción. No podía contar con poder sacar a Gabelli de allí".

"Tienes razón, lo más probable es que esto ocurriera en casa de Stewart".

"Entonces, ¿cómo lleva el cuerpo a Clam Pass?".

"¿Alguna idea de si retuvo el cuerpo antes de tirarlo?".

"Lo dudo. A menos que no ocurriera en su casa. Muy pocas personas tienen las agallas para dormir en la misma casa con una persona que mataron".

"¿Agallas? Más bien tienes que estar mal de la cabeza".

"Asumiendo que quería deshacerse del cuerpo lo más rápido posible, tuvo que usar su auto para al menos acercarlo al agua. Pudo haber usado un bote después, aunque no tenemos evidencia de eso".

"Stewart habría tenido que bajar a Gabelli por las escaleras y meterlo en el auto".

"Probablemente envolvió el cuerpo en su garaje".

Vargas asintió. "Luego esperó hasta mitad de la noche para llevarlo a Clam Pass".

"Quiero hacer otro intento con el vecino que dijo que tomó prestado el auto de Stewart".

"Claro. Sabes, Stewart podría haber ido por otro camino. Tenemos kilómetros y kilómetros de vías fluviales. Pudo haberlo puesto en un bote en algún lado, incluso en una de esas calles en Seagate. Todas tienen acceso al agua".

"Espero que no tengamos que probar esa parte. Stewart tuvo un romance con la esposa del difunto. Ella dice que él quería que continuara. Sabemos que amenazó a otros tipos que estaban con Robin. Si podemos relacionarlo con la droga que mató a un

Gabelli sano, tenemos mucho con qué trabajar. Y eso es antes de una inspección. ¿Quién sabe qué más conseguiremos?".

LUCA

Vargas, cuatro uniformados y yo nos deslizamos hasta Calusa Bay y estacionamos los vehículos frente a la casa de Stewart. La calle estaba mojada por un chaparrón y del asfalto salía vapor. Antes de que estuviéramos a mitad de camino, dos grupos de vecinos abrieron sus puertas para ver qué pasaba. A punto de decirles que no se preocuparan, apreté el timbre.

Stewart abrió la puerta y yo le empujé la orden.

"Señor Stewart, ésta es una orden de registro autorizada por el juez Randolph. Nos permite registrar su propiedad y confiscar cualquier cosa que creamos relacionada con nuestro caso".

"¿Qué caso?".

"El asesinato de Philip Gabelli".

Stewart empezó a respirar rápidamente. "¿Qué tengo yo que ver con eso?".

"Apártate, Stewart, vamos a llevar a cabo nuestra búsqueda".

Stewart se metió la mano en el bolsillo y yo desenfundé mi arma. Vargas le agarró del brazo y le dijo: "Saque la mano despacio".

Stewart siguió sus instrucciones mientras jadeaba. "Es solo mi inhalador. Necesito mi inhalador".

Vargas rebuscó en su bolsillo y sacó un inhalador azul. Leyó la etiqueta, sacudió la cabeza y se lo dio a Stewart.

Le dije: "Señor Stewart, quédate en el vestíbulo con el agente Putnak".

Stewart resolló. "¿Me estás arrestando?".

"Durante la ejecución de una orden de registro, el tribunal nos permite controlar a los habitantes de la propiedad en cuestión".

Se sacó el inhalador de la boca. "¿Controlar?".

Aunque estaba chupando el inhalador, se resistía.

Vargas dijo: "Señor Stewart, la ley es clara. Si se resiste, tendremos que ponerle bajo arresto. ¿Está claro?".

Stewart se hizo a un lado y entramos en su casa. Me puse los guantes y le dije a un agente que se asegurara de que Stewart se mantuviera apartado y en el vestíbulo.

Vargas susurró: "El inhalador es un producto natural llamado Dr. Kings. Es de venta libre".

"Vale, yo me encargo de la habitación principal. Tú revisa la cocina y el salón y que los agentes registren el garaje".

El dormitorio de Stewart era incoloro. No era uno de esos blancos modernos; era un blanco apagado, de aspecto viejo. El lugar pedía a gritos color. Descorrí las persianas y fui directamente a la mesilla de noche. Mi método consistía en abrir primero el último cajón e ir subiendo, dejando cada cajón abierto para saber que había sido registrado.

En el último cajón había un par de prismáticos polvorientos y dos teléfonos viejos con pilas gastadas que decidí dejar allí. En el segundo cajón había un grueso álbum de fotos y unos quince pares de calcetines bien doblados. Saqué el álbum y hojeé imágenes de Stewart de niño, adolescente y adulto. En las cerca de ochenta fotos no aparecía nadie más, salvo ya sabes quién. Saqué la foto de Robin y le di la vuelta, pero no había anotaciones.

Mirando la foto, comprendí la fascinación de Stewart. Vestida con una blusa roja y unos shorts diminutos, Robin estaba tumbada junto a la piscina de la casa Gabelli. Sin duda, tenía lo que había que tener. Tras capturar una imagen de la foto con el móvil, me dirigí al cajón superior.

Al abrirlo, una oleada de adrenalina recorrió mi cuerpo. Me acerqué a la puerta y asomé la cabeza.

"Hola, Vargas. ¿Tienes un segundo?".

Estaba haciendo fotos en el cajón abierto cuando entró mi compañera.

"¿Qué pasa?".

Me llevé un dedo a los labios y señalé tres frascos de terbutalina y una caja de agujas hipodérmicas acomodados a la derecha de un plato de relojes y monedas.

Vargas susurró: "Lo tenemos, Frank, lo tenemos".

"Eso creo. Pero todavía no hay que abrir el champán. Sigue buscando, puede que tengamos suerte".

Después de anotar el nombre de la farmacia y del médico que la prescribía, cerré el cajón y seguí buscando en la suite principal. No había nada más que pareciera importar.

Al entrar en el salón, dije: "Embolsa todos los cojines de los asientos".

Stewart dijo: "No puedes llevártelos todos. ¿Dónde me voy a sentar?".

Vargas me apartó y me susurró: "Se supone que no podemos llevarnos nada de eso. El alcance de la orden no lo contempla. ¿Qué estás buscando?".

"Fluidos corporales. Si lo mató aquí, quizá Gabelli goteó al morir".

"Sabes que necesitamos una causa, Frank".

"Vale, coge el cojín izquierdo del sofá".

"¿Estás seguro, Frank? No tenemos nada que lo justifique".

Señalé una foto de Gabelli y Stewart sentados en el sofá.

"Eso sí que es arriesgarse, Frank".

Sonreí. "Puede ser, pero Gabelli lleva una camiseta roja, igual que el día que desapareció. Embolsa también la foto y dale a Stewart un recibo de lo que nos llevamos".

"Uh, ¿detective Luca?".

"Sí, soy el detective Frank Luca. ¿Quién habla?".

"Uh, mi nombre es Lenny, Lenny Nership, usted vino a verme. Vivo enfrente de Dom".

Miré el teléfono antes de decir: "Sí, claro, me acuerdo. Es el vecino que dijo que le había pedido prestado el coche al señor Stewart".

"Yo, no sé cómo decir esto pero... Espero no meterme en problemas ni nada. No quise decir nada, él dijo que era...".

"Tómeselo con calma. Nadie se va a meter en problemas. Solo diga lo que tiene en mente".

"Bueno, nunca le pedí prestado el coche a Dom".

"¿El Nissan Cube blanco?".

"Sí. Me pidió que dijera que lo hice, pero no lo hice".

"Ya veo. Ahora, ¿qué le hizo mentir a la policía? Y no se preocupe, no es nada de qué preocuparse".

"Bueno, verá, dijo que tenía una aventura con la mujer del sheriff, y sabía que la policía le vigilaba".

"¿Nunca tomó prestado el coche del señor Stewart el pasado mayo?".

"No, señor".

"¿Puedo preguntar qué le hizo llamar hoy?".

"Bueno, me encanta ver CSI, el de Miami, y sé lo que parece cuando la policía hace una orden de registro. Vi cuando todos fueron a la casa de Dom. Me imaginé que había hecho algo muy malo, así que le llamé para ver qué pasaba. Dijo que era un malentendido, pero no tenía sentido. Entonces empecé a pensar y busqué al sheriff en Google para ver cómo era su mujer, pero no era muy guapa y era un poco mayor que Dom. Así que empecé a pensar que tenía que decir algo".

"Eso fue muy inteligente de su parte".

"Yo, yo tengo miedo, si se entera se va a ir contra mí".

"Quédese tranquilo; nunca se enterará. Verá, le diremos que tenemos video de él saliendo de Calusa Bay esa noche".

"¿Seguro?".

"Sí. Ahora necesitaremos tomarle la declaración. ¿Le parece bien?".

"Uh, ¿tengo que hacerlo?".

Este era un trabajo para Vargas; ella lo desarmaría. "Sí, será rápido. Voy a enviar a mi compañera. Es una mujer agradable. Se llama Mary Ann. Por favor, dígale exactamente lo que me dijo a mí".

Después de colgar, golpeé con el puño. Hora de traer a Stewart.

LUCA

Decidí utilizar la sala de interrogatorios más pequeña que teníamos. Stewart tenía asma y el tamaño de la sala le incomodaría. Había vacilado cuando le pedimos que viniera, pero la amenaza velada de que le arrestaríamos le convenció para que viniera voluntariamente. Menos mal, porque solo teníamos pruebas circunstanciales.

Vargas y yo habíamos establecido una estrategia, ahora era el momento de ver adónde nos llevaba. Acompañamos a Stewart a la habitación y le dejamos solo durante quince minutos mientras tomábamos café.

Me asomé a la ventana unidireccional. Stewart tamborileaba con un pulgar sobre la mesa de acero, parecía desafiante. Había subido el termómetro justo antes de que lo metieran en la habitación. Cuando subí aún más la temperatura, Vargas sacudió la cabeza y se marchó al baño de mujeres.

Cuando regresó, Stewart había extendido los codos sobre la mesa. Era la hora del espectáculo. Llamé rápidamente a la puerta y entramos.

"Señor Stewart, gracias por venir hoy. ¿Recuerda a mi compañera, Mary Ann Vargas?".

Stewart negó con la cabeza. "Esto parece un horno".

"Parece un poco caliente. ¿Quieres que esté más fresco?".

"Por supuesto".

"No hay problema. Mary Ann bajará el termostato mientras preparo el video".

"¿Video?".

"Es una práctica estándar. Es para tu protección".

"Sí, claro, mi protección".

"Lo es, créeme. Piénsalo, de esta manera el registro es directo. No es mi palabra contra la tuya. No podemos inventar nada. Está todo documentado".

Vargas volvió a entrar. "Lo puse en setenta y dos. Ya se siente mejor aquí".

Stewart dijo: "Gracias".

Nos acomodamos en sillas de plástico frente a Stewart y Vargas encendió el aparato de grabación. Después de indicar los ocupantes, la hora y la fecha, comencé la entrevista.

"Señor Stewart, la noche en que desapareció Philip Gabelli, tu Nissan Cube fue observado en Clam Pass Park en plena noche. Cuando te interrogamos al respecto, nos dijiste que le habías prestado el vehículo a un vecino".

"Así es".

"¿Y quién era ese vecino?".

Stewart sacó su inhalador. "Lenny Nership".

"Es curioso, porque él dijo que tú le pediste que dijera que se lo habías prestado esa noche".

"Está mintiendo. Algo le pasa a ese tipo. Me siento mal por él, pero le falta un cromosoma o algo así".

"¿Por qué mentiría sobre algo así?".

Stewart se encogió de hombros. "No lo sé, pero ¿por qué iba a pedirle que dijera eso?".

Vargas dijo: "Para mantenerse alejado de donde se encontró el cuerpo".

"Sí, claro. ¿Creen que maté a mi mejor amigo?".

"Solo estamos tratando de entender que estabas haciendo en Clam Pass esa noche".

Stewart dio una calada a su inhalador. "Tal vez confundí las noches. Tal vez estaba en una cita".

"¿Con quién?".

"Probablemente con alguien que conocí en Campiello's".

"¿No te acuerdas?".

Stewart sonrió. "No quiero presumir, pero me va bien con las damas".

"Pero no con Robin".

La ira apareció en el rostro de Stewart. "¿Qué se supone que significa eso?".

"Nada. Solo digo".

Vargas dijo: "Veo que utiliza un inhalador. Sufre de asma, ¿verdad?".

"Sí, lo tengo desde que era pequeño".

"Es duro. Cuando era niña, Katie, mi mejor amiga, lo tenía y a veces era duro".

"Lo llevo bien. No me impide hacer lo que quiero".

"Supongo que todas las drogas que tienen hoy en día lo hacen más fácil de manejar".

Me pareció ver que Stewart se estremecía antes de decir: "Supongo".

Le dije: "Sabes, tu amigo Phil murió de un ataque al corazón".

"¿Un ataque al corazón?".

"Sí".

Stewart empezó a respirar por la boca. "Eso es una locura. Estaba en muy buena forma. Supongo que nunca sabes lo que está pasando dentro de tu cuerpo. Da miedo".

Vargas dijo: "Ciertamente".

"Por eso siempre digo que hay que vivir la vida al máximo.

Mejor ser el rey de la colina mientras puedas, porque nunca sabes cuándo te llegará la hora de irte".

Asentí con la cabeza. Lo que Stewart decía me sonaba a verdad y me distraje. Vargas me dio un rodillazo bajo la mesa mientras decía: "Algo me preocupa. Phil Gabelli sufrió un infarto masivo que le causó la muerte. Entonces, ¿por qué y cómo acabó en Clam Pass?".

Yo dije: "Sí, ¿por qué alguien haría que pareciera un asesinato?".

Stewart dijo: "Hay mucha gente retorcida por ahí".

Vargas dijo: "Pero así fue su muerte".

Yo dije, "¿Qué piensas, Dom?".

"Pudo haber estado tomando mucha coca y le falló el corazón. Los chicos o chicas con los que estaba entraron en pánico y se deshicieron de su cuerpo".

Todos los sospechosos que resultan ser culpables tienen un par de escenarios listos para ser presentados. Demuestra que lo tenían todo pensado, o eso creían.

Vargas dijo: "Eso está bien. ¿Qué te parece, Frank?".

Me toqué la barbilla. "Me gusta excepto por una cosa".

Vargas dijo: "¿Qué cosa?".

"No fue la coca lo que mató a Gabelli, sino la terbutalina".

Stewart dijo, "¿Terbu, qué?".

"Buen intento, Dom. Pero tú sabes exactamente lo que es la terbutalina. ¿Verdad, Mary Ann?".

Vargas dijo: "Encontramos el fármaco en su casa durante nuestro registro, y las averiguaciones posteriores confirman que se lo han recetado durante más de diez años".

Le dije: "¿Ahora te suena?".

"¿Te refieres a las botellitas? Solo uso eso en casos de emergencia cuando mi inhalador no funciona, como durante la temporada de alergias".

"O cuando quieres acabar con un amigo".

"¡Eso es mentira!".

Vargas dijo: "Nos parece interesante que pidiera más terbutalina a su médico un mes antes de que asesinaran a Philip Gabelli".

"Era temporada de alergias. Por eso lo pedí, si les interesa".

Stewart le dio una calada a su inhalador mientras Vargas decía: "Señor Stewart, lo que sabemos es que usted está en posesión de amplias cantidades del fármaco que provocó que el señor Gabelli sufriera un paro cardíaco masivo. Y lo interesante es que usted se acostaba con la mujer de la víctima".

Le dije: "En realidad no, ella lo dejó de lado después de un rapidito. Tal vez no es tan bueno en la cama como él cree que es".

"Vete al diablo".

Dije, "Entonces, dinos ¿cómo lo hiciste, Dom?".

"No hice nada".

Dije, "Mira, podemos bailar alrededor todo el tiempo que quieras, pero sabemos que lo hiciste, y caerás por ello".

Stewart jadeaba mientras se miraba las manos.

Vargas dijo: "Si coopera, hablaremos bien de usted al fiscal. Quizá pueda llegar a un acuerdo sin tener que ir a juicio. Ahorraría a los contribuyentes los gastos de un juicio y le rebajarían la pena de cárcel".

Stewart levantó la cabeza. "No quiero hablar más. Quiero a mi abogado".

"No puedo creer que hayan soltado a Stewart".

"Vamos, Frank. Sabías que no teníamos suficiente para retenerlo".

"De acuerdo entonces, dime: Uno, cuánta gente toma terbutalina; dos, quién conocía a Gabelli; tres, se acostó con su mujer; cuatro, nos envió en persecuciones inútiles".

"Circunstancial, todo. No olvides que tenía una receta válida para la droga. Odio admitirlo, pero su abogado tenía razón. No es un crimen que te receten una droga que podría usarse en cantidades letales. Y nunca se había metido en problemas".

"Hay una primera vez para todo, y es esta. Solo necesitamos una prueba física y Stewart está acabado".

"¿Qué pasó con el cojín de la requisa?".

"Nada, ni fluidos corporales ni rastros de terbutalina".

"Creo que juega a nuestro favor que Stewart piense que está a salvo".

"No me gusta. Buscas la palabra engreído en el diccionario y hay una foto de Stewart".

"¿No fuiste tú quien me enseñó a no personalizar y a trabajar más duro?".

Asentí. "Tienes razón. Mira, mientras se pasea como un pájaro libre, redoblaremos nuestros esfuerzos. Empecemos por sondear el vecindario de Stewart, a ver si alguien recuerda haber visto allí a Gabelli la noche que Stewart fue a Clam Pass. A ver si alguien recuerda a Stewart saliendo en medio de la noche, alguien con su perro o algo así. Cualquier cosa que consigamos, aunque sea circunstancial, ayudará a aumentar la presión sobre él".

Vargas dijo: ""Parece un buen plan. ¿Todavía nada sobre el viejo coche de Stewart?".

"No. El concesionario lo tuvo en su lote un par de meses y no se movió, así que lo vendieron en una subasta en Georgia. Un mayorista de Pennsylvania lo recogió y lo tuvo durante un mes antes de vendérselo a un concesionario de Massachusetts. De todos modos, lo están investigando. Deberíamos tener algo pronto".

"No tengo esperanzas. Stewart parece cuidadoso, aunque metió la pata con lo del vecino que pidió prestado el auto".

"Tal vez, pero el vecino había tomado prestado el Cube un par de veces. Podría haber confundido las fechas".

"Pero la frase de que tuvo un amorío con la mujer del sheriff, ¿a qué viene eso?".

Sacudí la cabeza. "Necesitamos un pequeño descanso, eso es todo, y hace tiempo que lo necesitamos".

LUCA

Los agentes de policía de Somerville Crowley y Spear se detuvieron en el número 81 de la calle Gilead. Salieron del vehículo y echaron un vistazo a la entrada de la casa. Los agentes asintieron entre sí y subieron las desvencijadas escaleras de la casa de principios del siglo XIX.

Llamaron a la puerta y les abrió una mujer de unos cuarenta años, vestida con ropa de gimnasia y comiendo un plátano. Los agentes se presentaron y preguntaron: "Señora, ¿es usted propietaria de un Nissan Cube blanco del año 2010?".

A la mujer se le fue el color de la cara. "Sí, es el coche de mi hijo. ¿Por qué?".

El agente Crowley entregó un papel a la mujer. "Tenemos una orden de incautación. Venimos a recoger el auto".

Ella se apoyó en el marco de la puerta, dejando caer su plátano. "¿Qué ha hecho?".

"No creemos que haya hecho nada. El coche se busca en relación con un caso relacionado con un propietario anterior".

"¿No tiene nada que ver con nosotros?".

"No lo creo, señora".

"Oh, gracias a Dios".

Una grúa se detuvo frente a la casa.

"Vamos a tener que llevarnos el carro".

"¿Cuándo lo recuperaremos? Necesita el coche para el colegio. Está en la universidad, ya sabe".

"Le daremos un recibo después de que lo hayamos cargado en el camión, y hay un número de contacto en él. Puede llamar a ese número más tarde hoy. Le darán todos los detalles".

Los vecinos se habían reunido en la calle para presenciar la carga del Nissan en la grúa. Cuando el camión desapareció, la madre se dirigió a los vecinos para explicarles las extrañas circunstancias.

LUCA

Stewart levantó las manos esposadas. "¿Me las vas a quitar?".

Al principio quería esposarle las manos a la espalda, pero Vargas me recordó que necesitaba acceder a su inhalador. Esposar a un prisionero era una táctica controvertida que nunca había utilizado. Con Stewart, apostaba a que ayudaría a doblegarlo.

Nosotros tenemos el control, no tú, Dom.

Dije, "Nuevas reglas de seguridad. No puedo quitártelas. Pero lo que puedo hacer es esposar un brazo a la mesa si quieres".

"Hazlo entonces".

Le dije a Vargas que pusiera las cosas en marcha, y ella declaró las formalidades para que constaran mientras yo recolocaba los grilletes.

Me senté junto a Vargas. "Señor Stewart, ¿estabas en Clam Pass la noche de la desaparición de Philip Gabelli?".

"Puede que sí. Fue hace mucho tiempo".

"Tenemos video de tu Nissan Cube blanco en el estacionamiento".

"Como he dicho, fue hace mucho tiempo".

"Anteriormente has declarado que como fue la noche que Gabelli desapareció, tenías, ¿cómo lo dijo, detective Vargas?".

Vargas dijo: "Creo que fue un recuerdo cristalino".

Yo dije: "Eso fue todo. Si lo deseas, podemos reproducirlo para ti".

Stewart dijo: "Las cosas estaban estresantes. Podría haber estado allí esa noche en una cita".

Yo dije, "Entonces, volvemos a la excusa de la cita".

"No es una excusa".

Vargas dijo: "¿Su cita se reunió con usted allí?".

¿A dónde iba? Me di cuenta por la cara de Stewart que estaba tan confundido como yo.

"¿Qué quieres decir con que nos encontramos allí? ¿Es algún tipo de truco policial?".

Vargas dijo: "No es una pregunta capciosa, señor Stewart. Es una simple pregunta. ¿Se reunió su cita con usted en el parque Clam Pass?".

"No, salimos de Campiello's, creo que fue, y fuimos juntos al parque".

"Eso es interesante", dijo Vargas.

"¿Qué es tan interesante?".

Vargas dijo: "La cinta que tenemos indica claramente que estaba solo en el Nissan Cube cuando entró en el estacionamiento".

¿Qué? Vargas se estaba tirando un farol. Me encantó, pero si el abogado de Stewart se enteraba, tendría que dar algunas explicaciones.

"No sé qué está tratando de probar, detective. ¿Cuál es el problema si fui solo?".

Le dije: "Entonces, ¿qué hacías en Clam Pass a esas horas de la noche?".

"No podía dormir, fui a dar un paseo".

Le dije: "Deberías tratar de mantener tu historia en orden. No queda bien que cambies las cosas".

Vargas dijo: "Lo sé, un paseo me ayuda a dormir. ¿Así que esa noche estaba en Clam Pass dando un paseo?".

Stewart asintió y dio una calada a su bomba de asma.

Vargas dijo: "Señor Stewart, ¿podría decir su respuesta?".

"Yo estaba allí, pero no es gran cosa. Van a necesitar más que eso para culparme del asesinato de Phil".

"Es gracioso que digas eso, ¿no es así, Mary Ann?".

Vargas dijo: "No sé qué gracia le hará al señor Stewart, pero ¿quieres decírselo tú o se lo digo yo?".

Odiaba renunciar a un tiro mortal, pero ella había hecho un trabajo magistral tendiéndole una trampa. Le dije: "Adelante".

Vargas apretó las manos y tamborileó durante veinte segundos. Los hombros de Stewart se hundían con cada repetición. Tuve que aclararme la garganta para que se moviera.

Vargas dijo: "Lo que tenemos, señor Stewart, son pruebas forenses sólidas de que Philip Gabelli estaba en su Nissan Cube".

Stewart se levantó como un rayo. "Son ustedes unos genios, ¿lo sabían?". Sonrió. "Por supuesto, en mi auto hay algo del ADN de Phil, o lo que sea. Olvidas que éramos buenos amigos. Ha estado en mi auto docenas de veces, y oye, para que conste, yo también he estado en su auto muchas veces".

Le dije: "La detective Vargas es más lista que yo, pero no hace falta ser un genio para atrapar a un asesino. Solo trabajo policial a la antigua usanza y una pizca de ciencia".

Los ojos de Stewart parpadearon rápidamente mientras se humedecía los labios.

Vargas dijo: "¿Puede explicar cómo se encontraron la orina y la sangre de Philip Gabelli en su auto?".

"¿El tipo orinó en mi auto?".

Dije: "Al morir, el señor Gabelli soltó una pequeña cantidad de orina que se encontró en el asiento del copiloto".

"Eso es una locura. Phil podría haber soltado algo en cualquier momento, como cuando paramos de camino al casino".

"¿Y la sangre encontrada en el hueco de los pies del pasajero?".

"No lo sé, ¿una nariz ensangrentada?".

"Muy bien. La terbutalina eleva drásticamente la presión sanguínea, lo que provoca hemorragias nasales. Las hemorragias capilares encontradas en la cavidad nasal del señor Gabelli son consistentes con una hemorragia nasal".

"Te estás aferrando a una posibilidad".

Vargas dijo: "Me temo que se equivoca, señor Stewart. ¿Sabía usted que la secreción de fluidos de una persona muerta es químicamente diferente de la de una persona viva?".

Stewart se puso rígido.

¿Qué acababa de decir? Tuve que repetirlo. Me impresionó la astucia con que Vargas lo planteó. Le dije: "Ya está, Stewart". Me volví hacia mi pareja. "¿Sabes qué, Vargas? Sigo sin entender por qué Robin se metería una sola vez en la cama con este tipo. ¿Qué piensas?".

Stewart negó con la cabeza. "No la conoces como yo. No sabes nada de ella, ni de mí".

Le dije: "Sé que Robin es una chica bastante culta. Una burguesa, solíamos llamarlas, en Jersey. Ustedes dos no tienen nada en común".

"Nos parecemos más de lo que crees. Ella mercía más de lo que Phil le dio. La trataba como basura. ¿Cómo pudo hacerle eso? Ella lo tiene todo".

Le dije: "Robin es una mujer inteligente y consumada. Una profesional, gana una gran fortuna. Si ustedes dos tuvieron algo en algún momento, y lo dudo, nunca habría durado. Tú eres Single-A, Stewart, Double-A en el mejor de los casos. Ella está en las ligas mayores".

Stewart sonrió. "No tienes ni idea. Robin me dijo que éramos almas gemelas, que nadie la entendía como yo. Teníamos una conexión especial".

Le dije: "Solo cuando ella te necesitaba. ¿No lo entiendes? Robin te utilizó. Se sentía sola. Fuiste su osito de peluche por una noche. Eso fue todo".

Stewart chupó con avidez su inhalador, y yo continué.

"¿Sabe lo que nos dijo, Dom? Robin dijo que se arrepintió inmediatamente de haber tenido una cosa de una sola vez con usted".

"De ninguna manera dijo eso".

Vargas dijo: "Es verdad. Yo estaba allí cuando lo dijo".

"Eso no es lo que me dijo después de estar juntos. Dijo que era especial".

"Ella te estaba mintiendo, Dom. Ella te despreciaba, odiaba la forma en que seguías cada uno de sus movimientos. ¿Verdad, Mary Ann?".

Vargas dijo: "Robin dijo que la estaba sofocando".

"¿Sofocándola? Eso es mentira. No sé por qué se volvió contra mí. Robin y yo éramos perfectos juntos. Phil no era más que un drenaje para ella. Le chupaba la vida y encima se gastaba su dinero. Yo nunca haría eso con ella. La cuidaría, la protegería. No necesitaríamos nada de nadie. Lo tendríamos todo. Mira su casa, hombre, qué lugar para vivir, ¿y sabes qué? Casi lo logro. Mi plan era bueno".

Le dije: "Háblanos del plan, Dom".

Vargas dijo: "Sabe, investigamos mucho, y no hay duda de que Phil Gabelli era un marido terrible".

Stewart dijo: "Lo sé. Primero, intenté que Phil se fuera. Intenté razonar con él, pero era testarudo. Y Robin, no sé por qué demonios no se fue. Se estaba burlando de ella. Una y otra vez".

Dije: "Incluso la gente con la que trabajaba sabía que él iba detrás de cada falda. Era vergonzoso para ella".

Stewart dijo: "Era repugnante. Debería haberme suplicado que le quitara de en medio".

Vargas dijo: "Quizá si supiera que fue usted quien quitó de en medio a su marido infiel, habría visto las cosas de otra manera".

"¿Tú crees?".

Vargas dijo: "Absolutamente. Soy mujer y sé cómo piensa Robin".

Los hombros de Stewart se desplomaron. "Nunca pensé en decírselo, pero aun así era un buen plan".

Yo dije: "Fue un plan brillante. Casi nos dimos por vencidos en atraparte".

Vargas dijo: "¿Por qué no nos lo cuenta?".

Stewart reveló que empezó a elaborar su plan después de que Phil le avergonzara delante de una mujer, con la que estaba haciendo progresos. Plan ultimado; Stewart decidió ponerlo en práctica tras una noche en un billar en la que Phil desapareció con una fulana en un cuarto de baño. Tras el encuentro sexual, Phil enfureció aún más a Stewart al hablar mal de Robin a un grupo de chicos en un torneo de billar. La combinación obligó a Stewart a poner en marcha el plan.

La trama mortal no era exactamente como pensábamos, pero casi. Stewart invitó a Gabelli a ver un partido de los playoffs de hockey, y para prepararse había triturado un puñado de pastillas esa mañana. Luego disolvió un poco del polvo en cada una de las dos bebidas de vodka y arándanos que tomó Gabelli. Con el corazón acelerado, Gabelli entró en pánico y Stewart le dijo que le llevaría al hospital.

Entraron en el auto de Stewart, que estaba en el garaje. Stewart llevaba dos agujas hipodérmicas cargadas de terbutalina en el coche y hundió ambas en el muslo de Gabelli al mismo tiempo. Gabelli no supo qué le golpeó y sucumbió rápidamente a un paro cardíaco.

Muerto Gabelli, Stewart reclinó el asiento y colocó plástico alrededor del cuerpo. Luego se deshizo del coche de Gabelli en Lehigh Acres y esperó un par de horas antes de arrojar el cadáver en Outer Clam Bay.

Aclaramos un par de puntos para asegurarnos de que lo teníamos claro antes de terminar.

Después de llevar a Stewart a una celda, Vargas y yo nos reunimos con el fiscal del distrito para entregarle la confesión y las pruebas que habíamos reunido. Se suponía que me sentiría bien sacando a un psicópata como Stewart de la calle, pero me dejó intranquilo. Si no estabas seguro con un amigo de toda la vida, ¿dónde podías estarlo?

Hay una gran diferencia entre el remordimiento y el arrepentimiento. Stewart no mostró signos de remordimiento, solo lamentó que su plan fuera rechazado por Robin. Sabía que este loco se pondría en posición de negociar una sentencia más corta, pero no obtendría ayuda de este detective.

Tenía ganas de dar un paseo por la playa. Siempre me ayudaba a procesar las cosas después de un caso como este, pero antes de llegar a la arena, había dos cosas que tenía que hacer. Una, la esperaba con ansias, la otra me tenía inquieto. Kayla había dicho que estaba libre el próximo fin de semana, lo cual era perfecto, ya que le tocaba a Vargas estar de guardia. Me encantaría tomarme un día libre y hacer un viaje de jueves a domingo, pero ¿sería acelerar demasiado las cosas? No nos habíamos visto desde la noche en Baleen cuando me desmayé. Y esa era nuestra primera cita.

Al darme cuenta de que mi mente había llevado las cosas más lejos de lo que realmente estaban, limité la búsqueda de vuelos y hotel al fin de semana. Después de verificarlo, tardé más de lo esperado en redactar un mensaje de texto a Kayla antes de reservar nada.

Nervioso de que me decepcionara, subí las escaleras para ver al sheriff Liberi, a quien le habían diagnosticado un linfoma. Liberi y yo nos respetábamos y habíamos desarrollado una buena relación. Llevaba las responsabilidades de la oficina a la perfección y se había desvivido por ayudarme en la adaptación cuando me incorporé al departamento. Fue decepcionante saber que estaba pensando en retirarse para hacer frente a su enfermedad.

El sheriff estaba conmocionado por el diagnóstico y ¿quién podía culparle? Si alguien podía empatizar con eso, era yo. Sentía el deber de intentar tranquilizarle, pero la idea de hablar de cosas que aún no había superado me daba escalofríos. Al salir de la escalera, el temor de no estar a la altura de las circunstancias empezó a rondar mi cabeza.

Me metí en el baño de hombres y empecé a ensayar un par de frases que le diría a Liberi cuando sonó mi teléfono. Era un mensaje de Kayla. Abrí el mensaje y exhalé: había empezado el fin de semana. La noticia me animó y me dio valor para consolar y apoyar a un amigo. Le envié una sonrisa a Kayla y fui a ver al sheriff.

Espero que hayas disfrutado de la lectura, Desaparecido.

El próximo libro de esta serie es The Serenity Murder. Encuéntrelo en libros electrónicos y en rústica.

Espero sinceramente que haya disfrutado leer este libro tanto como yo lo disfruté escribirlo. Si es así, le agradecería mucho que hiciera una breve reseña en Amazon o en su sitio de libros preferido. Las reseñas son cruciales para cualquier autor, e incluso una o dos líneas pueden significar una gran diferencia. Gracias, Dan.

Visite el sitio web de Dan: http://danpetrosini.com/

THE LUCA MYSTERY SERIES

Am I the Killer

Vanished

The Serenity Murder

Third Chances

A Cold, Hard Case

Cop or Killer?

Silencing Salter

A Killer Missteps

Uncertain Stakes

The Grandpa Killer

Dangerous Revenge

Where Are They

Buried at the Lake

The Preserve Killer

No One is Safe

Murder, Money and Mayhem

SUSPENSEFUL SECRETS

Cory's Dilemma

Cory's Flight

Cory's Shift

ART OF PAYBACK

Race To Revenge

Beyond Revenge

OTHER WORKS BY DAN PETROSINI

THE FINAL ENEMY

COMPLICIT WITNESS

PUSH BACK

AMBITION CLIFF

You can keep abreast of my writing and have access to books that are free of discounting by joining my newsletter. It normally is out once a month and also contains notes on self- esteem, motivational pieces and wine articles.

It's free. See bottom of my website: www.danpetrosini.com

La serie de misterio de Luca

¿Soy yo el asesino?

Desaparecido

El asesinato de la serenidad

Terceras oportunidades

Un caso frío y difícil

¿Policía o asesino?

Silenciando a Salter

Un error asesino

Apuestas inciertas

El asesino del abuelo

Venganza peligrosa

Dónde están

Enterrado en el lago

El asesino de la reserva

Nadie esta seguro

Asesinato, dinero y caos

Secretos de suspenso

El dilema de Cory

El vuelo de Cory

El turno de Cory

El arte de la venganza

Carrera hacia la venganza

Más allá de la venganza

<ins>Otras obras de Dan Petrosini</ins>

El enemigo final

Testigo cómplice

Hacer retroceder

Ambition CliffPuedes mantenerte al tanto de mis escritos y tener acceso a libros sin descuento uniéndote a mi boletín. Normalmente se publica una vez al mes y también contiene notas sobre autoestima, artículos motivadores y artículos sobre vinos. Es gratis. Ver abajo de mi sitio web: www.danpetrosini.com

Made in United States
Orlando, FL
07 March 2025